Barbara König
Der Beschenkte

Roman

Carl Hanser Verlag

ISBN 3-446-12839-5

Umschlag: Klaus Detjen
Gesamtherstellung: Kösel, Kempten
Printed in Germany

Der Beschenkte

Wir ehren einen Menschen

Heute vor fünfunddreißig Jahren opferte der Feldgeistliche Johann Schorr sein Leben, um einen zum Tode Verurteilten vor der Hinrichtung durch ein Militärgericht zu bewahren.

Wir ehren einen Menschen.

Der Verurteilte, ein junger Soldat, hat den Krieg überlebt. Wir dürfen ihn zu dieser Feier begrüßen.

Mommsen auf dem Podium in der Scheinwerferhitze, ernst, bescheiden, ganz wie man es von ihm erwartet. Er ist nicht der Held, nur derjenige, der einen anderen zum Helden gemacht hat, dessen negative Hälfte, sozusagen. Den Hut in der Hand, steht er mit gesenktem Kopf neben dem Pult, während der Bürgermeister seine Ansprache hält und aus dem schwarzen Rahmen hinter ihm die etwas vorstehenden Augen des Paters freundlich auf ihn heruntersehen. Mommsen harrt nur aus, er denkt nicht.

Wir danken Ihnen, daß Sie gekommen sind.

Mommsen wird in den Presseraum geführt. Sie umringen ihn, ohne ihm zu nahe zu kommen, es ist, als ob er eine ansteckende Krankheit hätte, oder einen scharfen Geruch, oder die Würde eines Opfers, dem nicht mehr zu helfen ist.

Auch als sie um den Tisch sitzen, halten sie Distanz. Sie schlagen die Beine übereinander, lehnen sich in ihren Sesseln zurück. Mommsen ist der einzige, der aufrecht und mit angelegten Ellenbogen auf seinem Stuhl sitzt. Seine Angriffsfläche ist gering.

Er hat keinen Grund, sich zu fürchten. Er ist nur das Indiz für die Heiligkeit eines anderen, und als Indiz genügt seine bare Existenz. Es genügt, daß er weder ein Verbrecher, noch ein Schwachkopf, noch auf andere Art eine Schande für die Menschheit ist.

Wie haben Sie es fertiggebracht?

Was hat diese Feier für Sie bedeutet?

Was diese Tat, das Opfer?

Was die Person des Paters Johann Schorr?

Und Sie waren nicht besonders befreundet mit ihm?

Sie waren nicht sein Schützling, sein Vertrauter?

Aber die drei Kameraden in Ihrer Zelle, die sterben mußten, weil da keiner war, der sich für sie geopfert hätte – die kannten Sie?

Gemeinsam hatten Sie beschlossen, im April 1945 die Sprengung der Straßenbrücke zu verhindern, gemeinsam wurden Sie dabei ertappt und gemeinsam von einem Militärgericht zum Tode verurteilt – ist das richtig?

Doch am Morgen der Hinrichtung wurden Sie nicht gemeinsam aus der Zelle geführt, sondern an Ihrer Stelle ging der Feldgeistliche Schorr, den Sie kaum kannten. Und Sie fragten nicht, warum, Sie ließen es einfach geschehen?

Sie sagen, daß Sie schliefen?

Sie hörten die Schüsse des Hinrichtungskommandos? Sie setzten sich auf Ihrer Pritsche auf und sahen sich um; alle anderen waren fort, auch der Feldgeistliche. Sie waren allein, und Sie wußten, was die Schüsse bedeuteten. Mußten diese Schüsse Ihnen nicht im Ohr bleiben, auch Jahre später noch, bis heute?

Wie haben Sie es fertiggebracht, fünfunddreißig Jahre lang mit dem Bewußtsein zu existieren, daß Sie im Grunde nicht Ihr eigenes Leben, sondern das eines anderen lebten?

Vielmehr: wie haben Sie es fertiggebracht, fünfunddreißig Jahre lang ohne dieses Bewußtsein zu existieren?

Mommsen sagt: Ich bin sehr dankbar.

Sie haben sich nie mit dem Gedanken befaßt, daß Sie einem fremden Menschen Ihr Leben verdanken?

Sie haben sich auch nie mit diesem Menschen befaßt?

Mit dem Gedanken, was ihn wohl bewogen haben mag, gerade Sie auszuwählen?

Sie hätten sich auch weiterhin nicht damit befaßt, wenn dieser Mensch nicht für seinen Opfertod ausgezeichnet worden wäre?

Und wenn der Feldgeistliche Schorr plötzlich vor Ihnen stünde und fragte: Ich habe dir fünfunddreißig Jahre geschenkt, was hast du damit angefangen? Wie würden Sie ihm antworten?

Mommsen sagt: Ich bin sehr dankbar, aber –

Sie haben das Ereignis zu einem Glücksfall erklärt und es dabei bewenden lassen? Sie haben sich nicht bemüht, ihm irgendwie gerecht zu werden?

Und Sie nennen sich trotzdem einen zufriedenen

Menschen? Nur weil Ihnen ein bequemes Leben beschieden war?

Sie sagen, daß Sie tief und traumlos schlafen?

Wie bringen Sie es fertig.

Du hättest keine Angst zu haben brauchen

Vorbei, sagt Nina. Siehst du, nun ist es doch so schnell vorbei gegangen, und es war vielleicht ein wenig verwirrend für dich, aber richtig schlimm war es auch wieder nicht.

Nina ist Mommsens Frau seit zweiundzwanzig Jahren; sie kennt ihn.

Du hast Angst gehabt, sagt sie, ich möchte wissen, warum. Als ob du das nötig hättest! Schon deine Verlegenheit, dort auf dem Podium, als der Bischof seine Rede hielt, und der Bürgermeister! Dabei könntest du stolz sein. Denk doch, wie sie gezittert haben müssen, das Kirchenkomitee und die Stadtverordneten, als sie deinen Namen kannten, aber noch nicht wußten, wer du bist; und die Erleichterung, als sie dich kennenlernten! Er hätte ja ein ganz schlimmer Typ sein können, dieser Gerettete, ein

Vagabund, ein Gauner, und sie hätten sich nicht drücken können, die Feier war beschlossen, sie hätten ihn herholen müssen, zumindest seinen Namen nennen, die Presse hätte alles aufgedeckt.

Aber du warst verschreckt, schon beim Frühstück im Hotel, als die beiden Herren kamen, um dich abzuholen. Da bist du zusammengezuckt, ich habe es gemerkt. Als ob du verhaftet werden solltest! Und nachher, vor den Reportern, da hast du beinahe gestottert; du hast dagestanden wie vor Gericht.

Wahrscheinlich steckt es immer noch in dir, der Schock von damals, und jetzt kommt alles wieder hoch. Sie muten dir einiges zu, nicht wahr?

Sieh doch die Zeitungen, in allen steht deine Geschichte. Daß du dich emporgearbeitet hast, praktisch aus dem Nichts. ›... und heute Miteigentümer einer gutgehenden Maklerfirma ist ...‹ Du bist mein Mann, und ich bin stolz auf dich; ich werde nicht zulassen, daß du dich kleiner machst, auch nicht vor diesem Pater.

Ninas aufmerksamer Blick, ihre ständige Wachsamkeit: Wie geht es ihm? Ist er heiter, mürrisch, deprimiert? Hat er schlecht geträumt? Und woher kommen solche Träume? – Wie sie unzählige feine Sonden in seine Person hineinläßt, seinen Hirn-, Herz- und Blutstrom mißt, wie sie die Resultate mit dem Klang seiner Stimme, der Farbe seiner Haut, dem Tempo seiner Bewegungen kombiniert, mit dem Niveau seines Allgemeinbefindens und dem Zustand am Tag zuvor vergleicht, in computerhafter Geschwindigkeit ein Urteil fällt und dann ganz nebenbei, am Mittagstisch etwa, die Augen hebt: ein wenig bist du noch verstört; es wird sich geben.

Es wird sich geben. Sie ist eine warmherzige Frau, er weiß nicht, was er ohne sie täte. Sie weiß mehr von ihm als er selber. Er hat sich sinken lassen, sie hat ihn aufgefangen.

Das Monument

Zeitungen, Zeitungen. Sie alle beschreiben die Tat. Die Tat steht da wie ein Felsen, der nun bekränzt und damit zum Monument erhoben ist, die einzigartige Tat des Feldgeistlichen Schorr vor fünfunddreißig Jahren, ohne Aussicht auf Verjährung.

Überall Mommsens Bild: verlegen lächelnd, den Hut in der Hand, ein beschämter Beschenkter dort neben dem Rednerpult, sehr allein, wie übriggeblieben; wehrlos der Güte ausgeliefert. Darunter steht: ›Ein Mann hat Glück.‹

Daneben, immer wieder, das Gesicht des Paters, still und freundlich. Bekümmert, ja, aber doch auch wieder sehr unbekümmert, als wollte er sagen: Sterben ist schlimm, aber so schlimm auch wieder nicht; es gibt Schlimmeres. Sterben mit ansehen müssen, zum Beispiel, ist schlimmer.

Er hat große dunkle Augen, die ein wenig vorstehen, so daß es aussieht, als wollten sie dem anderen entgegengehen, den er gerade ansieht, und ihn stützen. In diesem Falle: Mommsen.

Es wird sein Weggenosse sein, ab jetzt, falls ein Gesicht ein Weggenosse sein kann, aber mehr als dieses Gesicht ist nicht da, und es genügt vollkommen.

Man gratuliert

Von allen Seiten: Sympathie. Man schreibt ihm Briefe und man spricht ihn an:

...dürfen wir Sie von ganzem Herzen beglückwünschen! Sie sind ein Auserwählter, Sie sind –

Geben Sie mir die Hand! Bei uns zuhause sagt man, es bringt Glück, einen Glücklichen zu berühren!

Da haben Sie so lange in unserer Nachbarschaft gewohnt, und wir haben nicht geahnt, was für ein berühmter Mann Sie sind!

... wollte ich Sie um ein Autogramm bitten, für meinen Enkel, der ist Lehrling in einer Gärtnerei, und alles was er will, sind Autogramme, Autogramme ...

Habe Sie in der Abendschau gesehen: Donnerwetter, sage ich zu meiner Frau, wenn das nicht der Herr Mommsen ist! Was denn, sagt sie, immer nur mit halbem Ohr dabei, ist der jetzt in die Politik gegangen?

So viele Gratulanten, sagt Nina, und alle meinen es ehrlich. Eigentlich erstaunlich: da bekommt einer das Wertvollste geschenkt, das überhaupt zu verschenken ist, und keiner neidet es ihm. Wo doch sonst schon ein Lottogewinn, ein neuer Wagen, eine Beförderung ... Aber vielleicht ist es gar nicht so erstaunlich: Warum sollten sie dich beneiden um etwas, das sie doch alle selber haben?

Mommsen, der Bewunderte, trägt ein kariertes Jackett, groß im Muster, aber fein in den Farben, darunter einen Rollkragenpullover aus purem Kaschmir, und seine Nägel sind manekürt. Den Mantel läßt er offen.

Du siehst gut aus! sagt Nina.

Zu gut. Solche Harmonie der Erscheinung macht müde. Wenn er nur einen Buckel hätte! Ja, Mommsens sanftes Schafsgesicht über einer verwachsenen Gestalt, die ihm keinen Augenblick aus dem Sinn kommen dürfte, die ihn zwänge, den natürlichen Mißklang durch unablässige Anstrengung zur Ruhe und zur Ordnung zu bringen, Mommsen mit einen Buckel – und sei es auch nur eine Winzigkeit davon, so wie sie jeder gute Schneider zum Verschwinden bringt – hätte zu jeder beliebigen Tageszeit mehr Intensität in seinen Fingerspitzen als Mommsen, der Wohlgeformte, mitten in seinem Herzen, in seinen leidenschaftlichsten Momenten.
Doch Mommsen ist gerade gewachsen, und der Buckel, der ihm außen fehlt, hat sich auf geheimnisvolle Weise nach innen gekehrt, dort bildet er seine Beule aus Eitelkeiten, Eigennutz, dem ganzen läppischen Ballast der Unversehrten.

Trotzdem, die Menschen mögen ihn. Da ist sein immerhin vorhandener Charakter; daß man sich auf gewisse anständige Reaktionen verlassen kann. Und was noch schöner ist: er geht sie nichts an, oder höchstens soviel, wie jeder jeden angeht – minimal. Sein Los mag die Menschen berühren, warum nicht, sie rührt so manches an und rührt sie: dies ist ihr Dank dafür, daß sies nicht selber sind. Hat er Pech, so ist das seine Sache. Seine Sache war ja auch der Glücksfall damals. Das ist es, was ihn so sympathisch macht.

Wer spricht?

Wer spricht hier überhaupt? Ein toter Pater? Eine innere Stimme? Oder zwei, oder drei? – Ich wünsche, sagt Mommsen, mit solchen Kleinigkeiten nicht belästigt zu werden.

Die Tageszeitungen sind da, doch nicht die Wochenblätter, die Monatsschriften, die Fragen gehen weiter, Mommsen hört sie durch die Geräusche des Tages hindurch, die Dutzende von Guten Morgen! Guten Tag! und Guten Abend: Wie war das, damals? Wie war es, dem Tod so nahe zu sein? Was war es, dieses neugeschenkte Leben?

Tagaus, tagein geht es um Tod und Leben.

Er möchte sich mit seinen Geschäften befassen, er möchte, daß alles so weitergeht wie bisher, doch sie lassen es nicht zu, sie zwingen ihn, stillzustehen und nachzudenken:

Ich kann nur immer wieder sagen, wie dankbar ich bin.

Ich weiß es nicht. Ich weiß nicht, warum er ausgerechnet mich gewählt hat.

Ich war sprachlos; erschüttert. Völlig durcheinander.

Der Unterschied zwischen ihm und uns? Wir fürchteten den Tod, und er fürchtete ihn nicht, das war der Unterschied.

An die Details kann ich mich nicht erinnern, auch nicht an meine Angst.

Das ist so lange her, das ist schon nicht mehr wahr.

Fragt sich, was jetzt noch wahr ist.

Sein Beruf füllt ihn aus, sein Tageslauf ist geregelt, seine Mahlzeiten, seine Freizeit. Seine Frau ist ihm liebevoll zugetan. Sein Haus ist groß, sein Garten grün...

Er hat sich in diese farblose Suppe brocken lassen, und weil sie warm und feucht ist, fühlt er sich wohl darin.

Brocken, das ist ein schönes Wort, das kommt aus der Zeit, als die Bäuerin am großen Tisch die Stücke Schwarzbrot in die Schüssel brach und jeder sich mit seinem Löffel –

Seine Großmutter war eine Bauersfrau, mit einem Kopftuch mit Fransen – klein, gebückt, auf flinken Füßen, mit einem Mund wie eine Monstranz, eingerahmt von Strahlenfalten – ein Glücksfall von einer Großmutter.
Wenn sie das Essen gekocht, das Geschirr gewaschen und die Dielen gewischt hatte, saß sie lächelnd in ihrem Schaukelstuhl. Jeden Abend erzählte sie dem Enkel ein Märchen, strich sein Federbett glatt und zeichnete mit dem Daumen

ein Kreuz auf seine Stirn. Dann ging sie zu ihrem eigenen Bett auf der anderen Seite der Stube, nahm das Kopftuch ab, zog fünf Nadeln aus dem Haar, ließ einen dünnen Zopf über den Rücken fallen, stieg aus ihrem Überrock und ins Bett hinauf, seufzte und murmelte: Schlaf, mein Engel. Weil Mommsen Zeit ihrer gemeinsamen Sommer ein Engel für sie war. Welch eine Optik! Welch glückliche Verblendung! Es war die große Phase seines Lebens.

Das ist schon lange her und ist trotzdem noch wahr.

Fröhlich notiert

Um Erfolg zu haben, muß ein Reporter Ellenbogen besitzen. Wenn er keine Ellenbogen hat, dann sollte er so zart, so blond, so hilflos sein wie Fröhlich. Dann kommt er genau so weit, und weiter.

Wenn Fröhlich aufgeregt ist, verhaspelt er sich. Dann antwortet Mommsen, noch ehe er gefragt ist, nur um die Qual des Formulierens abzukürzen. Und Fröhlich notiert fließend.

Sie sind auf dem Lande großgeworden, nicht

wahr. Ihr Vater war Tierarzt, wenn ich mich nicht irre.

Er war jähzornig. Wenn er in Wut geriet, hängte er die Tür aus und warf sie ins Zimmer. Einmal biß er ein Pferd, das ihn umwarf, nachdem er es von einem schmerzhaften Nagel befreit hatte. Er kam nicht durch das Fell, aber es tat ihm gut, er sagte, da, du Aas, du hast Glück, daß du so ein dickes Fell hast.
Als ich acht war, schlug er mich auf den Kopf, daß ich eine Woche lang taub war, und schrie: jetzt wirst du endlich auf mich hören, du Hundesohn! Dann weinte er, und wir trösteten ihn, Mutter und ich. Wir sagten: weine nur nicht, es ist nicht so schlimm, das Ohr wird wieder gut, und es wurde auch wieder gut, und die Tür hängen wir wieder ein, wer braucht schon Türen ... Und wir alle, alle lieben dich, egal was du tust, wir sind dir auch nicht böse, im Gegenteil, wir wollen, daß du glücklich bist ... Wir wollten es wirklich. Er war ein Stück Natur, für das wir verantwortlich waren.
Er hätte sein Leben für uns gegeben, und wir wußten es.

Ich glaube, daß dieser Vater bei allem Jähzorn ein Glück für Sie war. Es ist meine Theorie, sagt Fröhlich, daß Sie ein Mensch sind, der in seinem Leben immer wieder Glück hat. Das zeigt sich ja auch in der Art, wie Sie zu Ihrem Beruf kamen, ohne Ausbildung, mit einem halb beendeten Studium der Volkswirtschaft, mehr oder weniger durch einen glücklichen Zufall. Sie hatten gerade die Universität gewechselt, Sie suchten eine Bleibe –

Ein kaltes Zimmer

Er suchte eine Bleibe. Es war Herbst und er fuhr auf seinem Fahrrad durch die alten Wohnviertel der Stadt, über rote, gelbe Ahornblätter, vorbei an verfallenen Zäunen, die verkommene Häuser beschützten. Er hatte ein bestimmtes Bild in sich, und immer, wenn er ein Haus fand, das diesem Bild nahekam, stieg er ab und klingelte und fragte nach einer Mansarde.

Es war nicht einfach. Die Mansarden waren im Winter nicht bewohnbar, weil die Fenster fehlten oder das Dach undicht war, und wenn sie bewohnbar waren, dann waren sie bewohnt.

Doktor Bernsdorff, ein pensionierter Arzt, der mit seiner Schwester eine vieltürmige Villa bewohnte, sagte: dort oben haben Sie kein Wasser und keine Toilette, dazu müssen Sie drei

Stockwerke tief in den Keller steigen. Außerdem ist das Turmzimmer im Winter so kalt, daß Sie genau so gut auf der Straße schlafen könnten. Sie werden sich eine chronische Rhinitis zuziehen; am besten tun Sie sich das Aspirin gleich in Ihr Abendessen.

Mommsen zog ein. Er fror, aber er wurde nicht krank. Am Abend wärmte er sich an Dr. Bernsdorffs Kachelofen. Mein Großvater hat dieses Haus gebaut, sagte der Doktor, mein Vater ist darin aufgewachsen, ich bin darin aufgewachsen, mein Sohn ist darin aufgewachsen. Aber wenn Sie mir heute eine einigermaßen anständige Dreizimmerwohnung besorgen, zentralgeheizt und mit fließend warmem Wasser, dann schenke ich Ihnen die Burg hier für einen Pappenstiel.

Doktor Bernsdorffs Schwester, die hinter seinem Sessel stand und an ihren Nägeln kaute, was ihr das Aussehen eines siebzigjährigen Kindes verlieh, sagte: Doktor Bernsdorffs Sohn ist bei Stalingrad gefallen.

Ich kann Ihnen ein halbes Dutzend Leute nennen, denen es ähnlich geht, sagte Doktor Bernsdorff.

Das also war der Anfang. Er brach sein Studium ab und trat in eine Maklerfirma ein. Er war weder gerissen noch ein besonders guter Geschäftsmann, er hatte einfach eine Schwäche für bestimmte Häuser, und er hatte wieder einmal Glück: die Zeit kam ihm entgegen. Die Kunden vertrauten seinem Rat, sie spürten, daß er die Häuser, die er anpries, wirklich liebte, sie begannen, mit seinen Augen zu sehen, sie kauften seine Träume.

Er hätte steinreich werden können, wurde aber nur wohlhabend. Habgierig war er nie.

Wenn er die Häuser zusammenzählt, die er in zwanzig Jahren verkauft oder vermittelt hat, dann könnte er eine kleine Stadt daraus bauen, eine nicht sehr organische vielleicht, da ihr die Kirche und das Rathaus fehlen, auch sonst alle öffentlichen Gebäude, aber eine gemütliche mit Villen aus der Jahrhundertwende, mit Türmchen und verwachsenen Gärten, und einigen neuen Terrassenhäusern, die sonderbarerweise nicht stören, sie sind weinbewachsen und mit jungen Bäumen bepflanzt, kleine Pyramidenwälder, von bunten Markisen durchsetzt. Ihm gefällt seine Stadt, er würde gern dort leben.

Sie sind ein glücklicher Mensch. Und sie haben sich wirklich nie Gedanken gemacht?

Sie vergessen, daß ich ein Durchschnittsmensch bin. Ich bin dankbar für jeden Augenblick; der Tag ist schön, und ich fühle mich wohl. Allerdings brauche ich nicht viel, um mich wohlzufühlen, es genügt, wenn ich hungrig, durstig, müde bin, weil ich dann essen, trinken, schlafen kann. So simpel sind die Dinge.

Wie dem auch sei, sagt Fröhlich, ein Minimum an Biographie muß sich beschaffen lassen; das hat doch jeder. Wenn Sie mir nur die kleinste Hilfe geben wollen...

Mommsen will helfen. Allerdings sieht er sich außerstande, im Ablauf seines Lebens Chronologie zu entdecken. Er blickt zurück auf eine Ansammlung biographischer Daten, eine Reihe mehr oder minder heftiger Kontakte, einen Streifen Kriegserlebnisse, die ihm heute wie ein Auszug aus einer alten Wochenschau erscheinen, alles vage bekannt, und, natürlich, auf eine Kette von Erlebnissen, die niemals stattgefunden haben, die verpaßten Gelegenheiten.

Zum Beispiel?

Die Reise nach Agerswihl. Das ist nun auch schon gute zwanzig Jahre her, es war kurz nachdem wir geheiratet haben. Ich wollte meiner Frau das Gefängnis zeigen und mich nach dem Pater erkundigen, vielleicht sein Grab besuchen. Aber dann sah ich die Weinberge wieder.

Die Weinberge?

Ganz so wie damals, scharf umrissen der Ausblick aus einem vergitterten Fenster: auf unbelaubte Weinberge, Stock an Stock, Tausende von eingepflanzten Gewehren, ein ungeheurer Friedhof mit halbfertigen Kreuzen. Die manipulierte Landschaft. Kein Fußbreit, der nicht bearbeitet ist, kein unberührter Stein. Und überall Geometrie, Rechteck, Rhombus und Trapez, Stock an Stock, dazwischen Stock und Querstock dazu, Kreuz, Kreuz, gefallen am. Und jetzt der Gasthof.

Ich hatte Nina alles zeigen wollen, aber ich zeigte ihr nichts, ich sagte nur: hier war ich einmal im Krieg. Dann fuhren wir wieder fort.

Läßt sich verstehen, sagt Fröhlich.

Nina sagt: Weinberge? Wieso Weinberge? Für sie war Agerswihl die letzte Station auf ihrer Hochzeitsreise, hauptsächlich das.

Als sie ankamen, war alles noch möglich. Das Gefängnis lag mitten im Ort, sie gingen an der Mauer vorbei, die im Krieg schmutzig abgeblättert und jetzt gelb gestrichen war. Mommsen sagte: Morgen. Morgen gehen wir hinein, dann werde ich dir alles erzählen. Danach schwiegen sie wieder. Sie schwiegen überhaupt sehr viel in dieser Zeit, sie hatten es nicht nötig, viel zu sagen.

Später gingen sie in den Gasthof. Sie ließen sich an einen Tisch in der Mitte des Lokals führen und griffen nach den Speisekarten. Sie tauschten keine Blicke, kaum, daß sie einander anlächelten, vielmehr schien jeder für sich zu lächeln, und wenn sie sprachen, dann halblaut und wie zufällig. Der Kellner kam und fragte sie nach ihren Wünschen, die er leise und begeistert wiederholte. Sie dankten ihm und schwiegen. Von ihrem Tisch aus verbreitete sich in konzentrischen Kreisen die Ruhe. Die Gäste lehnten sich in ihren Sesseln zurück, spielten sinnend mit ihren Gabeln oder drehten an den Stielen ihrer

Gläser. Im Hintergrund des Lokals stand die Wirtin in einem madonnenblauen Kleid, vor Holz, zwischen Früchten und Käse. Das Licht der Tischlampen vertiefte sich, der Lärm von draußen ebbte fort und schwieg. Sanft lag der Wein im Glas.

Am Morgen war die gelbe Mauer da, Mommsen sah sie vom Fenster aus, doch er sagte noch immer nichts. Stattdessen zog er die Vorhänge zu und bestellte das Frühstück. Als es klopfte, ging Nina zur Tür, nahm dem Mädchen das Tablett ab und wartete, bis sich die Tür wieder geschlossen hatte. Mommsen merkte es und dankte ihr, sie lächelten einander zu.

Du willst mir ja gar nicht das Gefängnis zeigen, sagte Nina, du willst, daß wir nach Hause fahren.

Du hast recht, sagte Mommsen, fahren wir nach Hause.

Doch nun ist alles wieder da: Du hast es mir nie richtig erzählt, sagt Nina, von dem Feldgeistlichen, und daß er für dich gestorben ist.

Sie kauert auf dem Boden, vor sich und um sich herum auf dem Teppich hat sie Artikel und Bilder aus Zeitungen ausgelegt, wirr durcheinander, wie ihm zuerst scheint, doch nach dem ersten Staunen erkennt er, daß sie die Papiere in Form eines großen ›M‹ angeordnet hat. Eine Photographie des Paters bildet den Punkt dahinter.

Er beugt sich vor, berührt ihr Haar, wartet auf ein Wort, geht weg, als keines kommt, kehrt wieder, sieht in ihr erhobenes Gesicht, wartet auf ein Lächeln, seufzt, als keines kommt, und dieser Seufzer ist für eine lange Weile, wie ihm scheint, das einzige Geräusch in seinem leeren Haus.

Du hast gesagt, ihr seid vier Verurteilte gewesen, und der Pfarrer hat sich für euch geopfert. Du hast mir nicht gesagt, daß er nur dich gerettet hat, und daß die anderen sterben mußten.

Das hast du mißverstanden; er konnte nur einen einzigen retten, mehr war gar nicht möglich. Ich sehe nicht ein, warum dir das jetzt erst einfällt, und was es überhaupt für einen Unterschied macht.

Das siehst du nicht ein? Es macht den ganzen Unterschied. Du bist nicht einer aus einer Gruppe von Leuten, die Glück gehabt haben, nein: du bist der Einzige, der Auserwählte, dein Leben ist einem anderen so wertvoll erschienen, daß er dafür sein eigenes wegwarf. Deine kostbare Existenz!

Ich habe ihn nicht gebeten, für mich zu sterben.

Aber wenn du ihn hättest bitten können, dann hättest du es getan.

Ja, das hätte ich. Was hättest du getan?

Mir würde so etwas nie geschehen. Es sind ja nur die ganz Seltenen, denen so etwas geschieht, solche wie du.

Nina nimmt eines der Blätter vom Teppich, es ist das übliche Photo von Mommsen neben dem Rednerpult, er hat es oft genug gesehen, doch nun sieht er es mit Ninas Augen: der Schuldbeladene, der Arme Sünder. Ein Bankräuber, der jahrzehntelang von den gestohlenen Millionen gelebt hat; nun zerrt man ihn ans Licht, und mehr: man zwingt ihn, sich zu fragen, ob es sich auch gelohnt hat.

Das Licht auf diesem Bild ist unbarmherzig; Mommsen weiß, daß es von den Panoramafenstern seines Bungalows kommt, von den abgeschliffenen Kanten, den eisblauen Wänden, der fließenden Luft. Dies ist kein Haus, dies ist ein Aquarium.

Mommsen fragt sich, wie er dazu kommt, in einem Bauwerk zu wohnen, das seinen Neigungen so deutlich widerspricht. Er weiß, daß es gute Gründe dafür gab, aber er kann sie nicht mehr finden. Vielleicht war es gerade der Kontrast, der Wunsch, sein allzu enges Leben zu erweitern, von seinen frühen Bildern loszukommen? Und, natürlich, Nina zu gefallen. Nina haßt die alten Kästen, mit denen er sein Geld verdient.

Nun sehen sie sich um und finden keinen Halt; sie rutschen überall ab. Und gerade damit haben sie Jahre und Jahrzehnte verbracht: mit Glätten und Polieren, mit Abstimmen. Sie sind wie Glas in Glas, sie haben keine Sprünge; um sie ist Gleichklang, Stille.

Mommsen fehlt ein Anhaltspunkt. Er möchte gerne wohnen.

Heimweh am Ort

Das ist eine Krankheit, die er aus seiner Jugend mitgebracht hat: das Heimweh nach Orten, an denen er sich gerade befindet; das Unvermögen, wirklich da zu sein. Fernweh ist das kleinere Übel, da kann er noch hoffen, daß es sich mit Hingehen lösen läßt. Doch für das Heimweh am Ort gibt es keine Hilfe.

Am meisten hat er sich immer nach Häusern gesehnt, denen er auf Reisen begegnet ist, und die ihm merkwürdig bekannt erschienen. Einmal war es eine kleine Villa in einem italienischen Städtchen, dann eine Burg von einem Haus mit Giebeln und spitzen Türmen neben einer stillgelegten Fabrik, dann wieder war es ein steinerner Würfel im grellen Sonnenlicht, an einem südlichen Meer. Gemeinsam war ihnen die Vertrautheit, die sie ausströmten, die verwirrende Frage, die sie ihm stellten: warum wohnst du nicht hier? Er ging nur sehr ungern vorbei.

Ein einziges Mal hat er in einem dieser Häuser gewohnt, das war in dem Jahr, als sie ihren Bungalow bauten. Sie hatten ein abbruchreifes Haus in der Nähe ihres neuen Grundstücks gemietet; ein Gastwirt hatte es Anfang des Jahrhunderts als Ausflugslokal in den Wald gestellt, seine Erben hatten es notdürftig erhalten; als die Wohnviertel immer näher rückten und es endlich einschlossen, hatten sie es zu einem hohen Grundstückspreis an eine Firma zur Errichtung von Eigentumswohnungen verkauft, die es bis zum Baubeginn an Mommsen vermietete.

Ein knappes Jahr, mehr nicht. Aber was für ein Jahr! Zum erstenmal seit den Tagen seiner Großmutter war er an einem Ort zu Hause. Er ging über die knarrenden Dielen, verstopfte die undichten Fenster der Veranda, hielt sich lange Stunden in diesem verglasten Käfig auf, der nichts enthielt als einen vergessenen Schaukelstuhl und einen ausgebleichten Teppich, erwartete dort die Dämmerung; er war glücklich.

Nina sagte, daß sie die Scheune kein ganzes Jahr ertragen würde. Sie hatte die Küche und das Schlafzimmer im ersten Stock so komplett wie möglich eingerichtet, den Rest des Hauses ignorierte sie. Hier könnte ich leben, sagte Mommsen; ohne mich, sagte Nina.
Er nannte es »das Alte Haus«, als ob er immer darin gelebt hätte.

Das Badezimmer dort war groß wie ein Salon, der Badeofen mußte mit Holzscheiten beheizt werden, Korbsessel standen da, und Flickenteppiche lagen auf den Dielen, die Wanne hatte Pfoten, vor dem Fenster hing ein Vorhang aus buntem Kretonne, braune Apothekerfläschchen standen auf dem Wandbord, der Spiegel war halb blind und goldgerahmt.

Er hatte sich immer so ein Haus gewünscht, nun hatte er es. Er hatte es für eine kurze Weile, und dann nie wieder. Ein Leben lang wird er Heimweh nach einem Haus haben müssen, das fünf Minuten von seinem eigenen entfernt gestanden hat und nicht mehr dasteht.

Manchmal im Alten Haus, wenn er durch den Saal im Erdgeschoß ging, in dem ein alter Pingpongtisch verstaubte, hat ihm das Streifenlicht der Jalousien einen ähnlichen Tisch vorgespielt, einen Familientisch für zwölf Personen, weiß gedeckt, mit Blumen, Tellern, einer dampfenden Terrine... Für eine große Familie mit Kindern, jungen Leuten, alten Leuten, lustigen Leuten... Die alle wußten, wo sie hingehörten, Schlag eins an diesen Tisch, zum Beispiel, und nachts in ihre Halbmansarden unter Holz und Schindeln, auf die so gern der Regen klopfte. Wo es nach Heu und Kiefern, Schnee roch, Bratenduft aus der Küche, Holzrauch vom Kamin, nach Träumen aus vielerlei Material, und aus Musik.

Er hätte einer von ihnen sein sollen, aber er war

nie dabei gewesen. Er fragte sich, ob sie es gemerkt hatten: ab und zu, das wußte er, hatten sie ihn vermißt, oder doch seine Abwesenheit geahnt. Aber sie hatten nur kurz aufgesehen und sich dann denen zugewandt, die da waren.

Die Truhe

Die neue Stille ist schwer zu ertragen, nicht nur für ihn, Mommsen merkt es, als Nina ihm sagt, daß sie Gäste eingeladen hat. Sie will die leeren Räume füllen, es soll ihm recht sein.

Im Grunde haßt er Geselligkeit. Als Kind pflegte er sich in einer Truhe auf dem Speicher zu verstecken, wenn Besuch ins Haus kam. Dort fühlte er sich so geborgen, daß er sogar auf der Straße, wenn er gezwungen war, fremden Menschen die Hand zu geben, durch den Gedanken an seine Truhe eine Art Tarnkappen-Sicherheit gewann.
Bis eines Abends seine Mutter in ihrer kurzatmigen Art von ihm verlangte, daß er nie-nie-nie in eine Kiste oder Truhe steigen würde. Noch ehe der Kleine lächelnd-verlogen beteuern konnte, daß ihm so etwas nicht einmal im Traum einfiele,

las die Mutter schon aus dem Abendblatt die schreckliche Geschichte von zwei kleinen Mädchen vor, die in einer Kiste erstickt waren, weil das Schloß zugeschnappt war und von innen nicht geöffnet werden konnte. Man hatte sie durch Zufall entdeckt, eng ineinander verschlungen, nachdem man wochenlang mit Polizeihunden die ganze Umgebung ...
Eine einfache Schnappschloßkiste! rief die Mutter. Der Vater sagte: Haben wir so etwas? So etwas haben wir doch nicht! – Aber nun wird das Söhnchen schwach und sagt: Doch! Und die Mutter stürzt mit einem Schrei vom Tisch weg die Speichertreppe hinauf. Sie öffnet die Kiste, läßt den Deckel herunterfallen, und das Schloß schnappt zu; es hatte sich bei Mommsen nur deshalb nicht geschlossen, weil er es immer so sanft gesenkt hatte. Weinend und lachend umarmt die Mutter ihren kreidebleichen Sohn.

Von da an schläft der kleine Mommsen schlecht. Er träumt, daß er in seiner Truhe gefangen ist, abwechselnd allein und in Gesellschaft der beiden kleinen Mädchen, und er erwacht schweißgebadet von seinem eigenen Geschrei. Er wird jetzt elf, und er grüßt von nun an artig alle Besuche, die ins Haus kommen: er hat gesehen, wie furchtbar Flucht bestraft wird, und er hat großes Glück gehabt, daß er noch einmal davongekommen ist.

Doch die Scheu ist geblieben; wenn er mehreren Menschen gleichzeitig gegenübertreten muß, will er sich verkriechen. Lautes Geschrei in ihm, um die Gespräche der anderen zu übertönen. Es brüllt und brüllt.

Warum schaust du so?

Wie schaue ich denn?

So – angestrengt.

Schreien strengt an. Aber Schreien macht Stille, weil es die anderen zum Schweigen bringt.

Hörst du überhaupt zu?

Ich höre. Ja.

Wer bellt?

Haben Sie das Bellen gehört? Seit wann hat Mommsen einen Hund?

Das ist nicht Mommsens Hund, das ist Pawlows Hund.

Er ist dressiert: Immer wenn es klingelt, kriegt er

Hunger. Auch wenn es gar nicht Zeit zum Fressen ist. Der Magen knurrt ihm und er sabbert.

Kling und Sabber, das ist hübsch.

Wenn Kurt sich an den Frühstückstisch setzt, muß er seine Zeitung haben; und wenn keine neue da ist, liest er eine alte. Auf dem Sofa braucht er keine.

Trotzdem geht mich dieser Hund nichts an; soll er Hunger kriegen, wann er will.

Er kriegt aber nicht Hunger, wann er will, sondern wenn er die Glocke hört.

Der Hund kann nicht denken. Ich denke, ich sabbere nicht. Aber das muß ich zugeben: wenn ich Ingrid beim Nachhausekommen in ihrer Küchenschürze an der Tür stehen sehe, läuft sogar mir das Wasser im Munde zusammen ...

Früher hast du beim Nachhausekommen nie an Essen gedacht.

Früher hast du auch noch nicht so gut gekocht.

Wenn Eduard eine Almhütte sieht, kriegt er immer Durst.

Wenn Kurt keine Almhütte sieht, kriegt er auch immer Durst.

Wenn Ingrid den Frühling spürt, muß sie das Haus putzen; von oben bis unten, es ist wie ein Fluch.

Es kann eben keiner aus seiner Haut heraus.

Ich will auch gar nicht, ich fühle mich ganz wohl darin; Sie nicht?

Außerdem ist nichts im Leben so dauerhaft wie eine richtig schöne, eingewachsene Gewohnheit: man hat Gefühle angespart, nun lebt man von den Zinsen ...

Küßchen am Morgen, Küßchen am Abend, auch noch nach zwanzig Jahren. Stabile Verhältnisse, ein geordnetes Leben.

Mommsen hat nie etwas anderes gewollt.

Von der Wiege bis zur Bahre – Kling und Sabber.

Darum geht auch die Zeit so schnell vorbei, wenn man älter wird. Weil der Automatismus einsetzt. Am Ende sind wir vollautomatisiert und wissen es nicht. Keine unbedingte Entscheidung mehr möglich. Was ins Grab sinkt, ist eine Maschine.

Ich finde, Sie nehmen das alles viel zu ernst.

Schließlich ist es nur ein Spiel.

Das Haus ist jetzt leerer als zuvor, ihr Schritt noch leiser auf den Teppichböden, über scheinbar endlose Strecken schweben sie einander entgegen und aneinander vorbei, sie wechseln höfliche Worte, treffen im Schlafzimmer zusammen, in einem Bett, das groß genug ist für zwei einzelne Schläfer und tagsüber an dem Tisch, an dem gegessen wird.

Zum ersten Mal denkt Mommsen, daß es schön wäre, einen Hund zu haben.

Es ist jetzt Ende Mai und schon sehr warm, Nina verbringt viel Zeit im Garten, anfangs arbeitet sie ein wenig zwischen ihren Blumen, dann sitzt sie nur noch da.

Sie trägt ein weißes Kleid und einen Strohhut, und auf ihren Knieen liegt ein Buch. So sitzt sie in der Sonne, Stunde um Stunde, ohne aufzusehen. Ein halber Tag vergeht, bevor er merkt, daß sie nicht umblättert.

Warum hältst du das Buch, wenn du nicht darin liest?

Ich brauche es.

Dann sieht er, was sie treibt: sie läßt die Reflexe

ihres Brillantrings über den Druckbuchstaben tanzen, das schafft einen Kosmos von Sonnen und Planeten, Regenbogensplitter dazwischen, alles in sachter, kreisender Bewegung –

Den Ring hat er ihr zu ihrem Hochzeitstag geschenkt.

Manchmal verstehe ich dich nicht.

Sie sagt: bitte geh, und er geht, wendet sich im Gehen noch einmal um und sieht, daß sie ihn schon vergessen hat.

Nina beim Mittagessen zeigt keinen Appetit, sie legt die Gabel weg, stützt den Ellenbogen auf die Armlehne, läßt die Hand lose aus dem Gelenk fallen und biegt den Kopf zur Seite, um sie zu betrachten: Gegenstand transparent, sagt sie.

Die Fliegen benehmen sich zudringlicher als sonst, sie kriechen über Ninas Hände, heben sich träge, wenn sie fortgewischt werden, wandern über Ohr und Hals in den Kragen ihres Kleides, verfangen sich summend in ihrem Haar, bis Mommsen es nicht mehr erträgt und schreiend auf sie zuspringt.

Sie sieht ihn an, bis ihm nichts übrig bleibt, als Entschuldigungen zu murmeln:

Das hat es noch nie gegeben, Fliegen, die über einen Menschen kriechen wie – er will sagen: wie über einen Kadaver, doch das sagt er nicht, wie über einen Gegenstand, sagt er stattdessen, und Nina sieht auf ihren Arm, auf den die Fliege, eben verjagt, schon wieder zurückgekehrt ist, und sagt: Wir kommen uns alle so furchtbar lebendig vor, nicht wahr.

Sie bringt jetzt öfter Steine nach Hause, legt sie vor sich hin und sieht sie so lange an, bis aus der scheinbar ungegliederten Fläche die Adern und Risse treten, die Landschaften, Gesichter. Unter einer Eibe im Garten hat sie ein Mosaik aus flachen Kieseln angelegt, vor dem sie manchmal kniet und wie in einem Bilderbuch liest. Mommsen bewundert anfangs ihre Geduld, dann beginnt er, sich vor ihr zu fürchten.

Es ist die Zeit, in der sie aus allem und jedem zu lesen beginnt, aus Sternen, Karten, Kaffeesatz. So wie sie früher in seinem Gesicht geforscht hat: was geht da vor, was bringt es mir? Er weiß nicht, was sie findet.

Als Mommsen am Abend seine Haustür aufschließt, hört er Nina sprechen. Er tritt ein, sieht sich um:

Es ist ja niemand da!
Ich bin da, sagt Nina.

Aber du hast gesprochen ...

Wenn ein Mensch allein ist, darf er singen und husten, mehr nicht. Sowie er lacht oder spricht, ist er verrückt. Ich habe genug gesungen und gehustet, sagt sie, ich mag nicht mehr.

Mommsen hält sie für verrückt.

Noch versucht er behutsam, an ihre Vernunft zu appellieren:

Die Gefahr ist nur, daß du dich zu weit von der Realität entfernst ... Und Nina, in ihrem neuen höflichen Ton, der ihm die Gänsehaut über den Rücken treibt:

Von welcher sprichst du denn? Von deiner?

Tee mit Fröhlich

Die Arbeit hilft ihm immer noch, nur vor dem Wochenende graut ihm. Erleichtert stimmt er zu, als sich, für Samstag zwischen drei und vier, Fröhlich ansagt.

Doch zwischen drei und vier ist Mommsen noch mit einem Kunden unterwegs, Nina ist allein. Sie führt Fröhlich in den Salon, weist um sich:

Hübsch, nicht wahr? Dann, vertraulich: Unter uns, die Sache ist befristet.

Fröhlich ist verblüfft; er kennt sie nur als Ehefrau, mit nichts als Mommsens Sicherheit im Sinn.

Sie wünschen einen Sherry? Und Fröhlich sieht ihren Schritten zu, einmal quer durch den Salon, einmal diagonal, obwohl der Sherry zusammen mit den Gläsern in dem Barfach hinter ihrem Rücken steht. Doch wie Nina es macht, sieht es aus, als müßte es so sein.

Sie warten natürlich auf meinen Mann, sagt sie, und ich bin auch sicher, daß er gleich kommt. Sie läßt sich Fröhlich gegenüber auf der Kante des Sofas nieder.

Natürlich mögen Sie ihn nicht, sagt sie; Sie müßten sich in ihn hineinversetzen, und Sie haben keine Lust, sich in ihn hineinzuversetzen, dazu ist er Ihnen nicht sympathisch genug. Ich kann das gut verstehen. Er ist ein glatter Typ, zu bescheiden, was immer ein Zeichen von Hochmut ist, nicht wahr, ein Mann mit einer polierten Oberfläche. Er läßt Sie an sich abgleiten wie einen Wassertropfen: ›Ich fürchte, ich habe nicht viel für Sie, sozusagen gar nichts, Sie sehen in mir den Durchschnitt schlechthin ...‹ Man müßte ihn mit Zangen fassen, um an ihn heranzukommen, meinen Sie nicht?

Fröhlich denkt, daß alles, was Nina sagt, Hand und Fuß hat, nur eben eine Winzigkeit zuviel davon.

Es handelt sich nur noch um einige biographische Angaben.

Ach das, die Sache mit den Kindern.

Den Kindern?

Sie haben es doch selbst geschrieben, sagt Nina.

Sie steht auf und geht zu einem Schrank, diesmal ohne Umweg, sie kommt mit einem Paket Zeitungen zurück, findet sofort, was sie sucht: »Darüber herrschen kaum noch Zweifel: daß das Opfer des Feldgeistlichen dem Familienvater galt. Ob er den Soldaten Mommsen irrtümlich dafür hielt, oder ob er einfach damit rechnete, daß er einer werden würde – es bleibt das einzig einleuchtende Motiv. Eine Tat, läßt sich sagen, für den Fortbestand der Welt ...«

Das habe ich geschrieben, sagt Fröhlich, aber was ich damit meinte –

Sie meinten Richard und Viktoria. Richard wäre neunzehn jetzt, Viktoria siebzehn. Wir hatten schon die Namen ausgesucht. Das erste sollte ein

Junge sein und das zweite ein Mädchen; wie üblich. Richard wäre im Dezember geboren worden, ein Schütze; im Januar darauf hat sich mein Mann an der Firma beteiligt. Zwei Jahre danach haben wir das Haus gebaut; Viktoria wäre ein Widdermädchen, eigenwillig, willensstark. Ein Schütze und ein Widder – sie hätten sich glänzend verstanden.

Fröhlich räuspert sich.

Ich weiß, sagt Nina, darum geht es Ihnen nicht. Ihnen geht es immer nur um die Schuld. Was das betrifft: er wird nicht lange genug leben, um sie abzutragen.

In diesem Augenblick kommt Mommsen nach Hause.

Ich habe Herrn Fröhlich gerade von unseren Kindern erzählt, und daß wir sie für deine Karriere und für dieses Haus eingetauscht haben.

Meine Frau, sagt Mommsen, hat sich in letzter Zeit nicht besonders wohlgefühlt.

Aber nein, da irrst du dich, ich fühle mich ausgezeichnet!

Vielleicht sollte ich ein andermal wiederkommen, sagt Fröhlich.

Bleiben Sie! sagt Mommsen.

Aber bitte bleiben Sie doch, sagt Nina, ich gehe und mache uns einen Tee.

An der Tür zur Küche wendet sie sich um:

Herr Fröhlich hat Schwierigkeiten mit seinem Bericht. Ausweglosigkeit ist kein Thema, nicht wahr, außer wenn sie sich am Ende als Täuschung entlarvt.

Ich hoffe, Sie haben Verständnis, sagt Mommsen. Er hat jetzt ein Glas in der Hand und geht damit die Fensterwand entlang, auf und ab. Nina ist krank; die Sache mit dem Pater hat sie mehr belastet als mich.

Meinen Sie?

Kinder! sagt Mommsen, als ob das je ein Problem gewesen wäre! Damals waren wir ganz einer Meinung, Nina und ich, ich habe es ihr weder eingeredet, noch habe ich sie in eine Lage gebracht, in der sie nicht anders konnte. Wenn ich gesagt hätte: gut, krieg du das Kind und sieh zu, woher wir die nächste Miete nehmen – aber nein, darum ging es längst nicht mehr, es ging nur noch darum, daß wir alles verplant hatten, das nächste Jahr und unsere Ausgaben –
Wir sagten: wir müssen das erst einmal besprechen, und dann besprachen wir es und entschie-

den uns dagegen, wie das ja täglich in wer weiß wie vielen Haushaltungen geschieht, Familienplanung nennt man das, nicht wahr. Wir planten es für später, wir sagten: jetzt im Aufbau hätten wir sowieso nicht genug Zeit für ein Kind, ein Kind wird es bei uns besser haben, wenn wir erst aus dem Gröbsten heraus sind. Das geschah einmal und dann noch einmal, und dann wurde auch nicht mehr davon gesprochen, jahrelang nicht. Bis wir wußten, daß Nina keine Kinder mehr bekommen konnte. Da sprachen wir noch einmal davon, in einem Klinikzimmer, kurz, bedauernd, so wie man sich von einer lieben Möglichkeit trennt, achselzuckend: es hat nicht sollen sein.

Nina bringt den Tee. Sie spricht jetzt vom Wetter: die große Hitze macht uns einmal traurig, dann wieder macht sie uns froh; auf einen solchen Sommer ist kein Verlaß.

Endlich darf sich Fröhlich verabschieden.

Nina zur Untersuchung in eine Nervenklinik zu bringen, ist unverhofft einfach:

Aber natürlich, das ist ein guter Gedanke! Es wird mich selber interessieren, was da herauskommt. Man weiß ja nie, nicht wahr? Außerdem wird es mir guttun, ein paar Tage aus dem Haus zu kommen.

Die Klinik liegt in einem Park, Mommsen hält neben dem Tor, sie gehen das letzte Stück zu Fuß. Es muß hier stark geregnet haben, der Boden ist weich, Nina in Sommersandalen sucht sich die festen Stellen aus.

An der Haustüre haben sie eine Begegnung: eine Patientin steht da, unförmig in Regenmantel und Gummistiefeln, stumpfes graues Haar und ein Gesicht wie ein abgegriffenes Geldstück. Mommsen erschrickt, doch Nina scheint sich nichts daraus zu machen.

Die Patientin ist zutraulich, sie betrachtet Nina von Kopf bis Fuß, vergleicht ihre Stiefel mit Ninas Sandaletten und dem schlammigen Weg und tippt sich an die Stirn.

Nina lacht.

Mommsen weiß nicht, warum ihn ihr Lachen so überrascht, aber als jetzt die Tür geöffnet wird und er nach den beiden Patientinnen die Klinik betritt, weiß er plötzlich, daß es Unfug ist, Nina hierher zu bringen, sie hat es nicht nötiger als er.

Genau das sagt, in vorsichtigen Worten, der Professor, als Mommsen fünf Tage später wiederkommt, um seine Frau abzuholen. Immerhin braucht er sich keine Gedanken zu machen. Diese Tage, sagt der Professor, waren sicher kein Fehler; und Nina scheint es gefallen zu haben.

Die Reisetasche ist gepackt, doch Nina ist nicht in ihrem Zimmer; Nina ist in der Küche.

Der Koch steht am Herd und schlägt eine Sauce im Wasserbad. Hin und wieder blickt er auf und sieht Nina an. Nina steht mit verschränkten Armen an die Spülmaschine gelehnt und betrachtet den Koch. Der Koch sieht jung und unschuldig aus, in sich gesammelt, rein. Er sieht aus wie Mommsen vor zweiundzwanzig Jahren.

Nina hat die Lippen leicht geöffnet. Der Koch hebt den Blick und senkt ihn wieder. Es ist jetzt sehr still in der Küche, das übrige Personal ist gegangen, ein Wasserhahn tropft die Zeit, die Kühltruhe schnurrt.

Ninas Blick läßt die Augen des Kochs im Stich und gleitet über seine halbgeöffneten Lippen zum Kinn und von da über seinen Mantel hinab zur Herdplatte mit dem Topf im Wasserbad.

Der Koch erschrickt und sieht die Sauce an, die fast fertig ist. Er schlägt sie, sehr schnell jetzt, während seine Augen Nina folgen, die sich, immer noch mit verschränkten Armen, von der Spülmaschine abstößt und langsam durch die offene Tür in die Anrichte geht, dort eine Flasche aus dem Regal nimmt, ein Glas greift, es halb voll gießt, sich langsam umdreht, trinkt.

Über den Rand des Glases hinweg sieht sie dem Koch zu, der endlich die Sauce vom Herd zieht, den Schneebesen mit dem Wassertopf in den Spülstein stellt, sich die Hände trocknet; und der, die Wangen gerötet vom schnellen Puls und von Ninas Lächeln, das ihn, warm, feucht, wie eine Flüssigkeit umgibt, aussieht wie Mommsen, als er jung war.

Diese Sauce, kein Zweifel, hat zu lange auf dem Herd gestanden, sie ist eingekocht, scharf und salzig, nicht verdorben, nein, aber eine Essenz.

Die Heimfahrt wird er sich merken.

Nina ist wieder gesund, vielmehr immer gesund gewesen, sie hat nur vorübergehend einen Schub von ungewöhnlichem Verhalten gehabt, das gibt es, sagt der Professor, das kann auch wiederkommen, es zeigt nur, daß in ihr etwas vorgeht, und daß sie sich weiterentwickelt.

Du staunst, sagt Nina, warum staunst du? Hast du gedacht, ich hätte den Verstand verloren? Aber mein Lieber, sagt sie, ich bin doch nicht verrückt! Ich habe mich nur geirrt, weiter nichts: ich habe mir ein Bild gemacht, wie ich dich haben wollte. Ich habe Schwäche mit Sanftmut verwechselt.

Und jetzt?

Jetzt wird es Zeit, daß wir den Zuckerguß abkratzen und sehen, was darunter ist.

Zuckerguß!

Ich habe angefangen, mich zu fragen. Wenn ich sehe, wie du dich windest und nach Ausflüchten suchst, und wie du immer noch hoffst, daß du bestehen könntest – womit denn bloß, womit? – dann frage ich mich: hat denn der Pater wirklich gewußt, was das Gute ist, als er sich für dich erschießen ließ, oder hat er es nur dafür gehalten? Denn schließlich sollte man das Gute an seinen Früchten erkennen, und die Frucht seiner Tat, das wäre, nach so vielen Jahren, du hier, heute, so vor mir –

Gut, sagt Mommsen, aber muß es unbedingt auf eine so feindselige Art geschehen?

Offenbar, sagt Nina, offenbar.

Mommsen denkt, daß es früher offenbar nicht sein mußte, und denkt zurück und findet, daß es doch von Anfang an eine von Ninas Möglichkeiten war.

Sie haben sich im Bus kennengelernt, an einem windigen Tag im März. Nina, an der Endstation, sprang auf, raffte ihre Zeitung zusammen, warf sie Mommsen auf den Schoß und rief: da haben Sie sie! Oder lesen Sie keine Zeitung, die Sie selber halten müssen!

Er starrte sie an; es hatte ihn schon lange keiner angeschrieen.

Der Bus hielt, zischend öffneten sich die Türen, Nina trat hinaus und ging weiter, Mommsen hinter ihr her, zischend schlossen sich die Türen,

Nina blieb stehen und wandte sich um, Mommsen erschrak, der Bus fuhr ab.

Ein feuchter Wind pfiff über den Platz, ein Mann im Lodenmantel trug seine Einkäufe nach Hause, einen langen Besen und eine Teppichkehrmaschine, Mommsen sagte: Mommsen.

Er hat sie für jung und verwöhnt gehalten, weiter nichts. Er hat lange nicht gemerkt, daß sie etwas Eigenes war, selbst bei ihrer ersten gemeinsamen Reise noch nicht, bis er sie eines Tages am Strand sah. Er war gekommen, um sie zum Abendessen zu holen, die anderen Gäste saßen schon im Speisesaal, die Sonne stand tief, er wollte sie rufen, doch da sah er, wie sie im Sand kniete und betete.

Sie saß auf den Fersen und hatte den Kopf auf die gefalteten Hände gelegt, dem Meer zu, schräg zur Sonne. Der Landwind kam und wehte ihr Haar von beiden Seiten über die Schultern nach vorn. Mommsen wartete, lange, wie ihm schien. Als sie die Hände sinken ließ, den Kopf hob, aufstand, den Sand von den Knieen wischte, den Bademantel schloß und die Tasche aufnahm, ging er ihr entgegen und dachte, ich werde sie heiraten.

Danach waren sie verlobt, auch wenn sie nicht davon sprachen, und als sie endlich davon sprachen, war es wie die Wiederholung von etwas längst Bekanntem.

Ihm fällt jetzt auf, daß er sie nachher nie wieder beten sah.

Schwach oder sanft, sagt Nina, du warst von Anfang an ein reiner Tor.

Es wäre so einfach gewesen

Mommsen träumt, daß der Pater über den Gefängnishof geht, ungehindert zum Tor hinaus, während die anderen vier, er selbst unter ihnen, an der Mauer stehen bleiben, die Gesichter zur Wand. Der Pater geht, ohne sich umzudrehen, die Straße hinab und in ein Haus, dort zieht er den Uniformrock aus und eine gestrickte Weste an, und auf einmal ist er von einer Familie umgeben, die offensichtlich die seine ist, einer Frau im weiten Rock mit einem Kind auf dem Arm, drei größeren Kindern, die ihn ›Vater‹ nennen, er sagt, daß sie sich die Hände waschen sollen, ehe sie zu Tisch gehen, die Kinder gehorchen, die Frau geht zum Herd und rührt in einem Topf, ohne das Kind aus dem Arm zu lassen, sie trägt den Topf am Stiel zum Tisch, die

Kinder rutschen auf die Bank, der Vater setzt sich, die Mutter setzt sich, der Vater schlägt das Kreuz, sie beten: ›Und vergib uns unsere Schuld.‹

Wie feige, sagt Nina, sich eine solche Lösung zu träumen, nur um sich selber loszukaufen. Wie erbärmlich!

Es ist Sonntag, ein unruhiger Morgen, Nina wandert im Haus herum, Mommsen fällt auf, daß auch ihre Schritte sich verändert haben, sie sind länger und heftiger geworden. In seinen Sessel versunken, die Arme auf den gepolsterten Lehnen, folgt er ihrem Gang, auf, ab, auf, ab, während Nina spricht.

Da sitzt du, sagt sie: stumm. Die vielen Fragen, die sie dir gestellt haben, und keine einzige Antwort. Aber das kommt davon: ein Leben, aufgeteilt zwischen Ehe und Beruf, da bleibt doch nichts. Eingebettet in diesen Schwamm. Der schwächste Gedanke, der geringste Impuls – aufgesogen, noch ehe er ans Licht gekommen ist. Nichts, das wachsen, treiben, sich stauen kann, kein Aufschwung, kein Elend, ein lasches Dauerbad, scheußlich und vergeudet. Und da sitzt du nun. Wunderst du dich?
Natürlich betrifft es mich genau so wie dich. Aber mein Leben ist mein Leben, ich kann damit machen, was ich will. Und wenn ich nichts damit

mache, dann ist das auch meine Sache. Bei dir ist es etwas ganz anderes, oder? Oder etwa nicht?

Wir hätten Kinder haben sollen, sagt Mommsen.

Es wäre so einfach gewesen, denkt er; ein Haus voller Kinder, ein ausgefülltes Leben. Oder: man häuft sich einen Berg Steine vor die Tür und verbringt ein nützliches Dasein damit, sie wieder wegzuschaufeln. Verrückt! Andererseits: war da nicht eine Instanz, die sagte: ein Berg Steine gehört vor jede Tür? Und: wohl dem, der viel zu schaufeln hat? Aber welche Instanz war das? Inwieweit hatte sie recht?

Wenn du wirklich glaubst, sagt Nina, daß Kinder deine einzige Rechtfertigung wären, dein Alibi: warum läßt du dich nicht scheiden und fängst noch einmal von vorne an? Oder hast du Angst, daß du plötzlich dastehst und siehst: auch Kinder ändern nichts, der Mangel bleibt – ich habe es mir zu einfach gemacht?

Mommsen hebt den Unterarm von der Sessellehne und läßt ihn wieder fallen. Diese bescheidene Geste ist für Nina die letzte Provokation. Sie bleibt stehen und sieht ihn an.

Nein, sagt sie, natürlich nicht; nicht einmal dazu wärst du in der Lage.

Mommsen hat jetzt einen Feind im Hause, ein Zustand, den er sein Leben lang gefürchtet hat, ja, den er sich nicht einmal vorzustellen wagte. Nun aber ist es soweit, und erstaunlich genug: nichts stürzt ein und nichts geht unter, ihn läßt nur etwas los.

Auf einmal hat er Zeit. Er liest und geht spazieren, meist auf dem schmalen Steig entlang der Villengrundstücke; er liebt die Zäune aller Art, die überkreuzten aus Holz, die eisernen auf den Steinsockeln, die hohen mit den Lanzen; die unverbindliche Begrenzung.

Am nächsten Sonntag fährt er in den Wald. Er stellt sein Auto zwischen Brombeeren und Johanniskraut an den Straßenrand und geht ein paar Schritte in den Hochwald hinein. Dort bleibt er stehen, legt den Kopf in den Nacken und läßt die Arme hängen. Er sieht weder die Sonne zwischen die Fichten fallen, noch hört er das Schnabelwetzen, das seine Ankunft meldet; er riecht auch nicht die Pilze und das Harz, und schon die bloße Aufzählung dieser Dinge könnte ihm den ganzen Ausflug verderben. Er denkt auch nicht, er steht einfach da, aber als er den Wald verläßt und in sein Auto steigt, fühlt er sich frisch, gestärkt.

Bäume geben Energie. Bismarck wurde von seinem Leibarzt geraten, eine Eiche zu umarmen, wenn er neue Kräfte brauchte. Ein guter Rat, vorausgesetzt man hat noch die Kraft, eine Eiche zu umarmen. Genügte nicht ein Mensch? Aber Bäume sind besser: sie laufen nicht fort, wenn man sie braucht, und wenn man selber geht, dann laufen sie einem nicht nach.

Mommsen braucht Kraft; er beschließt, sich zu sammeln, er zieht die Ausläufer seiner Person in sich zurück, die Gewohnheiten, Zerstreutheiten, die kreiselnden Gedanken. Er wundert sich, wie leicht es ihm gelingt und wie wenig er vermißt.

Er stürzt sich ins Geschäft. Punkt acht Uhr am nächsten Morgen sitzt er in seinem Büro, holt sich Mappen aus den Regalen, studiert, notiert, vergleicht, findet Machbares. In der Mittagspause läßt er sich Brote und Kaffee bringen, dann ruft er Jacobs, seinen Assistenten, gibt ihm Instruktionen.

Er empfängt nacheinander zwei Kunden, die sich nach Häusern mit möglichst großem Komfort umsehen, der eine lebt in einer Altbauwohnung, der andere besitzt ein Reihenhaus mit geringem Komfort, beide wollen sich verbessern. Mommsen weiß, daß sich ihre Wünsche hauptsächlich auf Installationen beziehen, Müllschlucker, Deckenheizung, gewärmte Handtuchhalter im Bad. Beide wollen nicht bauen, der eine, weil er sich zu alt dazu fühlt, der andere, weil er schon einmal gebaut und dabei zuviel Ärger gehabt hat. Mommsen widersteht einer heftigen Versuchung, den beiden sein eigenes Haus anzubieten; der Gedanke an Nina hält ihn zurück. Später vielleicht.

Bis zum Büroschluß sind außerhalb des Tagesprogramms eine Neubauwohnung und ein Haus vermittelt, das lange unverkäuflich schien. Er ordnet seine Notizen für den nächsten Tag, es kann so weitergehen.

Zwei Tage geht es so weiter; am dritten geht er über den Parkplatz einer soeben verkauften Wohnung, Kalkulationen im Kopf, das Federn des Erfolgs in den Gelenken, und sieht sich plötzlich wieder: auf den hundert Parkplätzen seiner frühen Jahre, mit dem gleichen federnden Schritt, der unerbittlich vorwärts drängte – zu einem größeren Auto, einer größeren Wohnung, einem eigenen Haus.
Dagegen ist nichts einzuwenden. Nur, daß all dies zu nichts geführt hat, außer eben zu jenem Punkt, an dem er sich befindet.

Im Geschäft ist nichts los, sagt Mommsen; wir könnten deine Mutter besuchen.

Ich kenne diese Art von Visiten, sagt Nina, die Vorversicherung: einmal werde ich so alt sein wie sie, und ich werde froh sein, wenn mich jemand besucht, also verdiene ich mir diesen Besuch, indem ich heute selber einen mache.

Mathildenruh liegt über einer Schlucht, auf deren Grund das Wasser kriecht, ein schwarzer Fluß, in dem die Weiden waten, während oben durch die Buchen der Giebel des Altersheims leuchtet, barockverziert, gerippebleich.
Ein Leichenwagen rast den Berg hinauf, die Eile hat nichts mit dem Zweck zu tun, der Fahrer will nur schnell die Schlucht verlassen, wer Gas gibt, ist am Leben.

Ich bin kein Endphasen-Fan, sagt Nina, ich hasse das Verwesungsparfum.

Vanessa sitzt vor dem offenen Fenster, im Herrenanzug, den Hut tief ins Gesicht gerückt, Kinn und Hände auf der Krücke ihres Stocks – ein schöner alter Mann, ausgemergelt, lederig. Allein in einem ausgedehnten Raum, umgeben nur von Pflanzlichem und Pflanzlich-Dargestelltem: Buchenwipfel draußen, Rosen auf dem Teppich, einem ungeheuren Philodendron, der die halbe Wand bedeckt.

Ganz allein, Mama?

Keine Rede, sagt Vanessa, ihr unterschätzt das Grüne. Philodendren, zum Beispiel, sind sensibel; ein böser Gedanke genügt, um sie zu betrüben, ein froher, um sie zu erheitern. Das ist mehr, als ich je bei einem Menschen erreicht habe.

Wir sind lange nicht hier gewesen, sagt Mommsen.

Meine Tochter hat sich nie viel aus Menschen gemacht, die so viel älter sind als sie. Ich kann das verstehen; natürlich erwartet sie auch nicht, daß sie sich viel aus ihr machen.

Nein, Mama.

Und Mommsen ist sicher beschäftigt.

Er ist pausenlos damit beschäftigt, sich schuldig zu fühlen.

Nina übertreibt, sagt Mommsen.

Schuld! sagt Vanessa, wie öde! Wie außerordentlich überflüssig! Wie ungesund, wie schädlich!

Schuld immerzu auf sich beziehen: der Fluch der Egozentriker, ein negativer Größenwahn.

Er bringt es nicht fertig, seinen Retter zu lieben.

Welch ein Vorwurf! Lieben ist ein Talent. Laß den Talentlosen sich schuldig fühlen. Dein armer Retter! Warum ist er nicht liebenswert genug, um einen Stein zu schmelzen?

Wie dem auch sei, sagt Nina, Mommsen leidet. Und verachtet gleichzeitig alle anderen, die es womöglich besser haben. Welch ein Hochmut, welch ein Dünkel! Wenn ich daran denke, wer alles und warum auf wen herabsieht, wird mir schlecht.

Mein liebes Kind, sagt Vanessa, so machen wir uns doch nichts vor: was uns mit den Menschen verbindet, abgesehen vom Wetter – ›ich glaube, es bezieht sich, ich glaube, es reißt auf‹ – das ist doch unser Dünkel. Ob er nun unter dem Namen Standesbewußtsein, Künstler-, Glaubens-, oder Opferstolz auftritt, gemeint ist immer das gleiche: die Abgrenzung nach unten hin, weil ja gerade der Dünkel bewirkt, daß es kein Oben gibt, höchstens ein Nebenan. Wie angenehm, wie friedlich! Denn ohne ihn, was wären wir? Wir wären, der Himmel möge uns bewahren, wie jeder beliebige Dritte.

Im übrigen, sagt sie zu Mommsen, ist dein Fall keine solche Ausnahme: jeder Krieg ist voll von edlen Taten, da opfern sich Freunde für den Freund, Kompanieführer für ihre Kompanie, Partisanen für ein Dorf... Die meisten kennt man gar nicht, oft weiß es nicht einmal der Gerettete.
Nur, daß sie alle Männer sind. Wann wäre je ein Mann für eine Frau gestorben? Wenn er sich aus unglücklicher Liebe vom Kirchturm stürzt: dann ist es seine Liebe und nicht ihre! Und die Aberhunderte, die sich im Morgengrauen duellierten, angeblich um die Ehre einer Frau: wofür sie wirklich starben, war ihre Eigenliebe und sonst nichts.

Mama ist heute gut in Form.

Nur geistig, sagt Vanessa.

Sie will aufstehen; das ist ein qualvoller Vorgang, ein Stützen, Strecken und Verschieben von Gewicht. Mommsens Hilfe lehnt sie ab; sie unterdrückt ein Ächzen.

Dankesschuld! Das klingt mir wie ein Witz. War es nicht ein Geschäft? Er hat dir das Leben gerettet, du hast ihm das Altern erspart. Möglich, daß er heute ein Mann im Rollstuhl wäre, mit Rheuma, Gicht, Arthritis. Möglich, daß du in zwanzig Jahren ein Mann in einem Rollstuhl bist!

Sie steht auf ihren Stock gestützt, den Herrenhut tief im Gesicht, ausgemergelt, abgebrüht, schlecht auf die Welt zu sprechen. Gelb das Weiße ihrer blauen Augen, die in die Ferne gerichtet sind, weil sie dort keine Menschen sehen müssen; trotzdem, hell.

Wenn man keine alte Frau werden will, muß man ein alter Mann werden.

Die Gute Tat

Der Besuch bei Vanessa hat Mommsen gezeigt, daß Hilfe von außen nicht zu erwarten ist; er bietet jetzt den etwas törichten Anblick eines Menschen, der entschlossen ist, das Gute zu tun, koste es, was es wolle und mit welchen Folgen auch immer. Er hat den grübelnden Blick des unerfüllten Spenders: die Welt ist voller Elend, nicht wahr? Doch wo beginnen.

Daß er seinen Beitrag für wohltätige Zwecke erhöht und zum Teil verdoppelt, bringt ihm nur wenig Befriedigung: der Zweck ist sicher lobenswert, doch der Einsatz ist ihm zu gering, die Summen treten in seinen Bankauszügen kaum in Erscheinung, und daß er sie von der Steuer absetzen kann, zeigt ihm vollends, daß es sich dabei um nichts als die gewöhnliche Menschenpflicht handelt.

Da er die Abende nicht mehr mit Nina verbringt, hat er Zeit, sich umzusehen. Auf dem Heimweg vom Büro macht er jetzt einen Umweg über die ärmeren und armen Viertel der Stadt, trinkt hier ein Bier und da ein Bier und hält die Augen offen.
Er findet keine Not; was er findet, sind die kleinen Sorgen des Alltags, Krankheit, Zahlungen, die ihn auch selber betreffen könnten, nur auf einem leicht gehobenen Niveau.

Als er schließlich ein Opfer findet, geschieht dies nicht in der Gegend der niederen Einkommensklassen, sondern im Bahnhofsviertel, das auch das Vergnügungsviertel ist, und auf so banale Weise, daß er den Vorfall aus Filmen und Kriminalromanen zu kennen glaubt: Die von grellen Lichtreklamen überschwemmte Straße, der drängelnde Verkehr, die Tür zu einem rotbeleuchteten Nachtclub, die sich öffnet, Lärm und Musik entläßt und einen Mann, der eine Frau mit der Linken am Kragen hält und mit der Rechten ohrfeigt.

Mommsen, der soeben einen auswärtigen Kunden zu seinem Hotel gebracht hat, weicht angewidert zurück; er winkt einem Taxi, das gerade vorbeikommt, öffnet die Tür. Mehr ist nicht zu tun, die Frau ist schon gerettet, sie sitzt neben ihm im Taxi, blondiert, geschminkt und sehr gewöhnlich, betastet ihr Gesicht und dankt ihm. Mommsen zwingt sich, zuzuhören.
Sie erzählt ihm wortreich von dem Kerl, der sie ins Unglück gestürzt hat, von seiner Eifersucht, seiner brutalen Art ... Er schlug sie, wann es ihm paßte, er dachte nicht daran, sie zu heiraten, er gab sein Geld für sich allein aus und manchmal nahm er noch von ihrem Verdienten ... Aber sie wird es ihm zeigen, sie möchte sein Gesicht sehen, wenn man sie aus dem Wasser gezogen hat und ihm vor die Tür legt ... Sie trägt, speziell zu diesem Zweck, einen Zettel mit seinem Namen und seiner Adresse bei sich.
Mommsen hat Mühe, seine Abneigung zu verbergen. Sie verdirbt ihm sein Rettergefühl, er ist froh, als er sie endlich essen sieht, ein volles Menü mit doppeltem Dessert, das sie zum Schweigen bringt.
Natürlich kann sie nicht in ihre Wohnung zurück, denn dort lauert der brutale Kerl, sie will aber auch in keines der für solche Fälle errichteten Frauenhäuser, dort war sie schon zu oft, sagt sie, man wird sie nicht mehr nehmen. Mommsen

schlägt ein Hotel vor, dankbar registriert er ihre Dankbarkeit, vorübergehend findet er sie annehmbar, beinahe attraktiv, Bilder blitzen auf, die ihn beunruhigen: Retter und Gerettete im Scheine einer taschentuchverhangenen Hotel-Nachttischlampe, sehr viel Haut, eine Spur zu rosig vielleicht für seinen Geschmack –
Mommsen ruft sich zur Ordnung; er denkt nicht daran, die so mühsam erlangte Gute Tat den immerhin leichter zu befriedigenden Schwächen des Fleisches zu opfern, er widersteht. Zufrieden mit diesem Sieg zahlt er die Rechnung im Restaurant und wenig später den unvermutet hohen Preis für ein Zimmer mit Frühstück in einem unscheinbaren Vororthotel. Auch an Zahnbürste und Seife denkt er, der Gast ist versorgt, die Rettung scheint vollkommen.

Erst kurz darauf, in einem engen Vestibül, dessen einziger Luxus eine rosa beschirmte Glühbirne ist, zerfließt die Illusion und macht einem um so schärfer konturierten Alptraum Platz: Mommsen auf der untersten Stufe der Hoteltreppe, die Hand zum Abschied ausgestreckt; die Gerettete drei Stufen über ihm, in ihrem billigen Mantel, den holzklotzbeschwerten Zimmerschlüssel in der Hand, während auf ihrem Gesicht in schneller Folge die Verwandlungen geschehen: Verblüffung, ungläubiges

Staunen, Verständnislosigkeit und schließlich das verletzte Begreifen, die schmollende Gekränktheit der Verschmähten.
Als er auf die Straße tritt, den verwunderten Blick des Portiers im Rücken und einen bitteren Geschmack im Mund, fällt ihm ein, daß er nicht einmal weiß, wie sie heißt.

Der Eierkuchen

Wozu brauchen wir das große Haus? fragt er Nina beim Frühstück, und Nina sieht ihn aufmerksam an und sagt: Wir brauchen es nicht, wir wollen es, damit wir uns nicht beengt fühlen. Doch Mommsen fühlt sich von Räumen umgeben, die keinen anderen Zweck haben als den, seine und Ninas maßlose Habe zu bergen, Dinge aus Holz, die dazu dienen, Dinge aus Stoff, Leder, Papier, Silber und Porzellan aufzunehmen, jedes Stück in vielfacher Ausfertigung, zehn Personen hätten daran genug zu tragen, leben, lesen... Welche Lücke sollen sie füllen, welchen Mangel vertuschen?

Merkwürdige Gedanken, sagt Nina, für einen Häusermakler.

Während er weiter in den großen Räumen seines Bungalows lebt, tagsüber seinen Kunden Häuser von zehn und zwölf Zimmern anweist, träumt er davon, in einer einzigen Stube zu wohnen, zu schlafen und zu essen, nichts weiter zu besitzen als ein Bett, einen Schrank, einen Tisch, ein kleines Bücherregal vielleicht, vor einem Fenster, durch das im Sommer der Phlox sieht ...

Einmal machte ihm die Großmutter mitten in der Nacht einen Eierkuchen. Er hatte von einem Eierkuchen geträumt und wachte auf, und die Großmutter wachte gleichzeitig auf und sang ihm ein Schlaflied vor, damit er sich beruhigte, aber er wollte sich nicht beruhigen, er wollte einen Eierkuchen. Also stand sie auf und ging in Zopf und Unterrock in die Küche. Sie brachte ihm den Eierkuchen auf einem Holztablett und setzte sich daneben und sah zu, wie er aß. Er aß nur die Hälfte davon und schlief gleich wieder ein.

Als die Großmutter sehr alt war, vergaß sie ihre Kinder und Enkel und tauchte in ihre eigene Kindheit zurück. Die Söhne saßen an ihrem Bett und erfuhren die Geschichte einer fremden Familie aus dem neunzehnten Jahrhundert.

Aber Mutter, kennst du mich nicht mehr? Ich bin doch der Heiner!

Du bist nicht mein Heiner. Mein Heiner hat schöne schwarze Locken.

Damit meinte sie ihren jüngeren Bruder, der vor siebzig Jahren an Diphtherie gestorben war.

An ihrem Begräbnis stand ihr Sarg erhöht, die alten Frauen auf ihren Stühlen dachten: hab ich dich also doch überlebt, wie lange werde ich dich überleben? und: was hast du mit den fünf Jahren gemacht, die du zu lange gelebt hast? Was hast du mit den Jahren davor gemacht? Was habe ich gemacht? Was macht man mit seinem Leben, dachte der junge Mommsen. Dann ging die große Tür auf und der Pfarrer kam herein, weiß gekleidet, mit zwei Ministranten, und hinter ihm erschien ein überaus sonniger Januartag vor einem überaus blauen Himmel und eine überaus sonnenblaue Luft fiel in die Kapelle; eine hoffnungstrunkene Vorfrühlings-Sekunde lang erlebte er die überirdische Heiterkeit, wenn es so etwas gibt, dachte er, kann es keinen Tod geben, und richtete sich auf und sah dem Pfarrer in die Augen, der von einem Tod sprach, den es nicht gibt und von einem ewigen Leben, das daraus folgerte, während die Tür zur Sonne längst wieder zugefallen war.

Er träumt, daß er eine Hotelbar betritt, die an der Kreuzung von Hollywood und Vine liegt. Mommsen erkennt sie sofort, obwohl er niemals dort war. Er kennt auch den Herrn, der an der Theke sitzt und einen Tom Collins trinkt; ein gutaussehender Mann in Mommsens Alter. Er wirkt ein wenig nachdenklich und zerstreut, doch das kann Mommsen nicht täuschen, er weiß auf der Stelle, mit wem er es zu tun hat.

Na endlich, ruft er, darf ich mich zu Ihnen setzen? Der Herr weist freundlich auf den Hocker neben sich. Das gleiche wie der Herr, sagt Mommsen zu dem Barmann, der ein gealterter Fröhlich ist, und dann vorwurfsvoll: Kein Wunder, das Sie so schwer zu finden sind, man sucht Sie immer irgendwo dort oben... Ich weiß, sagt der Herr mit seinem zerstreuten Lächeln, und ewig allwissend, ewig allmächtig. Ich als Mensch, sagt er, würde ein Wort wie ›ewig‹ gar nicht in den Mund nehmen, wenn ich mir schon nicht vorstellen kann, was es bedeutet. Finden Sie nicht auch?

Er zaubert eine grüne Banknote auf die Bar und rutscht von seinem Hocker. Man hat doch seine

Phasen, sagt er, oder etwa nicht? Sehen Sie sich um: absolut alles hat seine Phasen!

Mommsen erwacht; es ist zwei Uhr nachts und er hat Durst. Barfüßig geht er in die Küche und holt sich ein Mineralwasser aus dem Eisschrank. Auf dem äußeren Fensterbrett, dicht an die Scheibe gepreßt, sitzt ein rotgestreifter Kater und sieht ihm unbeteiligt zu. An die Küchentheke gelehnt, das Wasserglas in der Hand, Auge in Auge mit dem fremden Kater, denkt Mommsen an seine Erste Kommunion: ein kleiner Junge in Röhrenhosen, mit gefalteten Händen.

Nun?

Ich habe Gott geschluckt!

Bist du nicht froh?

Ich weiß nicht. Er wird jetzt immer da sein, wird alles wissen, was ich tue und wird mir Befehle geben.

Du wirst nie wieder allein sein. Ist das nicht schön?

Ja, das ist schön. Aber wie, wenn ich doch einmal ganz allein sein möchte?

Mommsen löscht das Licht. Er fühlt sich einsam, als er jetzt wieder in sein Bett geht, geradezu verlassen.

Am Nachmittag dieses Tages steht Mommsen zum ersten Mal seit langem in einer Kirche, die er nicht besichtigt. Der Hauptaltar mag ein Kunstwerk sein, Mommsen kümmert das nicht, für ihn ist er, was er in seiner Kindheit war, ein verschwommener Ort des Opfers und ein deutlicher Thron der Macht.

Er wagt sich nicht weit vor, er findet, daß er für dieses Wiederkommen einen Fürbitter braucht. So tritt er an einen Seitenaltar, vor dem ein Dutzend kurzer roter Kerzen brennt, unter dem Bild eines schmächtigen Heiligen.

Er bemüht sich, zu beten. Das ist nicht leicht, denn er weiß ja nicht einmal den Namen des Heiligen, und es ist schwer, einen Fremden um Hilfe zu bitten: Wer immer du auch sein magst, was immer du getan haben magst zum Nutzen des Ewigen Lebens – verwende du, der du nie von mir gehört hast, einen winzigen Bruchteil nur deiner Kraft, deines Vermögens, zu Gunsten meiner eigenen, verwirrten Seele ...

Nichts geschieht, kein Trost stellt sich ein, kein Gefühl. Mommsen versucht, sich zu erinnern: er hat es doch einmal gehabt, vor vielen Jahren, er muß doch wieder hineintauchen können! Wahrscheinlich ist es eine Frage der Geduld. Mommsen seufzt, die Kirche schweigt, die Geräusche sind zählbar: einmal das Knarren einer Bank, dann ein Schlurfen, ein gedämpftes Husten. Sein Blick verliert sich in den Flammen.

Eine geflüsterte Frage schreckt ihn auf: Könnten Sie vielleicht eine Mark für mich ausgeben? Der Bursche ist noch ganz jung, soweit sich das hinter dem krausen Bart erkennen läßt, ein langhaariger Gammler in Jeans und Sackhemd. Mommsen scheint er nach Bier zu riechen, und, was ihn noch mehr empört: er lächelt.

Sie haben ja eine Fahne!

Aber nein, sagt der Junge.

Schämen Sie sich denn gar nicht, daß Sie sogar in der Kirche noch um Ihr Bier betteln! Ich an Ihrer Stelle würde es einmal mit Arbeit versuchen!
Der Junge weicht vor Mommsens empörtem Geflüster zurück, er schüttelt bedauernd den Kopf und ist auch schon verschwunden, lautlos, in zerfransten Tennisschuhen.

Mommsen staunt, wie sehr der Zwischenfall ihn verärgert hat. Was geht ihn dieser Junge an, mag er arbeiten oder nicht, mag er betteln! Er versucht, sich zu beruhigen, atmet tief die Weihrauchluft, sieht in die Flämmchen, sieht zu dem Bild hinauf: Wer immer du auch sein magst – Der Heilige steht da in seinem Sackhemd, schmächtig, lächelnd, noch sehr jung, soweit sich das hinter dem lockigen Bart erkennen läßt –

Es trifft ihn wie ein Schlag: Schwindel packt ihn, das fallende Gefühl: der Boden wird sich öffnen. Dann steht er lange, von Scham gelähmt. Er müßte gehen und den Jungen suchen, aber er rührt sich nicht von der Stelle. Verwende du, der du nie von mir gehört hast, nur einen winzigen Bruchteil deiner Kraft, deines Vermögens. Er möchte sein Portemonnaie aus der Tasche ziehen und eine Mark in den Opferstock werfen, eine zweite, eine dritte, alles, was er bei sich hat, aber er rührt sich nicht, er steht nur da, unter dem Lächeln des jungen Heiligen, eine sehr lange Zeit, wie ihm scheint, bis er, endlich, die Kraft aufbringt, zu gehen.

Das Überbein

Am Morgen entdeckt er an seiner rechten Handwurzel einen halbrunden Knorpel, der sich wie eine Murmel hin und her bewegen läßt; es schmerzt nicht. Trotzdem ist er sich den ganzen Tag über dieser Verunstaltung bewußt, im Gespräch fühlt er die Blicke seines Gegenübers darauf ruhen, er versucht, die Manschette darüberzuzerren, aber immer wieder rutscht sie zurück und gibt das Überbein preis, das ihm wie der sichtbare Auswuchs seines inneren Makels erscheint, ein Schandmal.

Er träumt von Überbeinen, die seinen ganzen Körper überwuchern, bis er wie eine frühzeitliche Echse von einem Panzer aus knorpeligen Buckeln bedeckt ist. Er verbraucht viel fruchtlose Traumzeit damit, die Buckel zu zählen, was ihm aber nicht gelingt. In der folgenden Woche geht er zum Arzt.

Harmlos, sagt der Arzt, aber wenn es Sie stört, kann ich es herausschneiden.

Wer garantiert mir, daß es nicht wiederkommt?

Niemand.

Dann lassen wir es.

Er gewöhnt sich daran, seine rechte Hand zu verstecken; wenn er allein ist, rollt er das Kugelstück in seinem Lager. Als ein Backenzahn zu wackeln anfängt und auszufallen droht, sieht er darin einen Ausgleich zu dem neu entstandenen Körperteil und fühlt sich vorübergehend beruhigt. Doch der Zahn festigt sich wieder, und das Überbein bleibt.

»Haben wir Sie als Thema Nummer Eins auf unsere Diskussionsliste gesetzt und möchten wir Sie um Beantwortung folgender Fragen bitten: Was hat die Ehrung des Feldgeistlichen Schorr für Sie bedeutet – eine Änderung Ihres bisherigen Lebens? Einen Aufbruch ins Neue? Wohin? Glauben Sie, daß der Feldgeistliche Schorr den Wunsch hatte, ein Märtyrer zu werden, und glauben Sie, daß ein Märtyrer für die heutige Jugend noch ein Leitbild sein kann? Was bedeutet Ihnen der hinterlassene Wahlspruch des Feldgeistlichen Schorr: ›Meine Augen sind auf den Herrn gerichtet. Er wird meinen Fuß aus dem Netz ziehen‹?«

Er fühlt sich in die Ecke gedrängt. Er hat keine Möglichkeit mehr, sich unbefangen zu bewegen. Man hat ihn zu einem Ausstellungsstück gemacht, das heißt, jeder, der ihn ansieht, und zur Zeit sehen alle ihn an, verlangt von ihm, daß er sich wie ein Ausstellungsstück benimmt: mustergültig, fehlerlos.

Was andere ein- oder zweimal im Jahr tun, am Geburtstag oder an Silvester, und auch dann nur zehn Minuten lang, mit dem Sektglas in der Hand, das ist sein tägliches Programm: dieses Umschauen, sich Orientieren, die Selbstbefragung: Wo stehst du? Wie weit bist du gekommen? Was hast du getan, um deinem Leben einen Sinn zu geben? Was tust du, wirst du noch tun? – Und keine Möglichkeit, das Glas hinzustellen und zur Tagesordnung überzugehen, denn was auch immer auf seiner Tagesordnung stehen mag, es genügt nicht.

Dazu die Furcht, daß er etwas unterlassen könnte, was er eigentlich tun müßte, ohne wirklich zu wissen, was das eigentlich ist, das ist das Schlimmste daran, der Nebel: da ist ja nichts, woran er sich halten kann.

Dann denkt er: ganz sicher ist da etwas, das genau richtig wäre für einen Menschen wie ihn, in seiner ganz bestimmten Situation, etwas, das er tun müßte, um die Hoffnung zu erfüllen, die in ihn gesetzt wurde, denn wozu sonst sollte das alles geschehen sein, und dann sieht er sich um und findet nichts: ihm fehlt vielleicht nur die Phantasie, er kann sich einfach nicht vorstellen, was er tun müßte in seiner ganz bestimmten Situation: soll er sein Leben ändern? Und wie? Und er fürchtet sich vor dem Tag, an dem es zum zweiten Mal und endgültig zuende sein wird und wie er dann zurückblickt und sagen muß: Pech. Was immer da gewesen sein mag in der Absicht, im Entwurf: ich habe es nicht erreicht; ich habe mich verfehlt.

Hobby

Er hätte gern ein Hobby gehabt; er beneidet die Menschen, die am Abend ihre Briefmarken und Münzen hervorholen, oder zu ihrem Kegelklub, ihrem Reitverein, ihrer Schützengilde gehen. Er hat umsonst versucht, sich zu interessieren, für Golf, Kakteen, Amphoren. Ein noch so schmales Gebiet hätte ihm genügt, wenn er es nur beherrschte. Es hätte ihm den Punkt außerhalb verschafft, von dem aus er das Wirrwarr von Geschehnissen betrachten und sich sagen könnte: so wie hier, in meinem kleinen Bereich, so wird es auch dort irgendwie zusammenhängen. Es hätte ihm die Welt, in einem winzigen Ausschnitt zumindest, überschaubar gemacht.

Piranhas

Sie schlafen jetzt getrennt. Ihn flieht, wie man so sagt, der Morgenschlaf. Um vier Uhr früh ist die Nacht für ihn zuende, er sitzt aufrecht im Bett, schweißbedeckt und mit flatterndem Puls. Und immer wieder ist es die Katastrophe, die ihn aus dem Schlaf wirft: die letzten Schritte auf dem letzten Hof, das Füsilierkommando. Er weiß, dieser Abgrund wartet auf ihn, und daß kein Weg daran vorüberführt; kein Zweifel, er muß da hinunter. Er steht auf und öffnet die Vorhänge und fällt dann wieder in seine eigene, unruhige Dämmerung zurück, in diesem wie mit Spinnweben verhängten Raum, den er bei sich das Halbschlafzimmer nennt.

Der Feldgeistliche in der Todeszelle: ein König unter Bettlern. Der Tod, für ihn, war keine Katastrophe, nicht wahr?

Und die anderen: wenn sie gewußt hätten, daß er für Sie sterben wollte – was hätten sie getan? Hätten sie nicht gerufen: Nimm mich! Nimm mich?

Er geht über einen zugefrorenen See, und die Eisdecke wird immer dünner; am Ende ist es, als ginge er auf dem Wasser, das schenkt ihm ein ungeheures Selbstgefühl, ein, zwei, drei Schritte lang, bevor er zu sinken beginnt.

Unten sind die Piranhas; er schwimmt inmitten eines Schwarms, und als einer von ihnen seinem Gesicht so nahe kommt, daß er ihn hören kann, klagt er ihm: Sie fressen mich! Sie werden mich auffressen! – Das ist schlimm, sagt der Fisch, aber vor mir mußt du keine Angst haben, ich bin nicht so, ich will nur einen winzigen Bissen von dir! Und schon schnappt er ihm die Nase weg und die anderen strömen herbei und nehmen jeder einen winzigen Bissen, und schwupp ist er ein Skelett und weint salzige Tränen ins Meer und weiß, daß er Jahre brauchen wird, um wieder Fleisch anzusetzen.

Der lange Weg zum Morgen: so dicht an der Verdammnis vorbei.

Zwei Herren in der Tür

Sie stehen am Eingang des Speisesaals, sie sehen sich um, sie suchen Mommsen. Daß sie in Hut und Mantel sind, macht sie so fürchterlich, und zu zweit. Die Schergen. So ein altmodisches Wort. Das hat es schon immer gegeben, die Boten einer anonymen Macht. So auffällig unauffällig. Durch die Leere in ihren Gesichtern fließt ungehindert die Gewalt und preßt ihn auf seinen Stuhl. Dabei ist der Saal voller Menschen, sie sitzen an kleinen Tischen und trinken ihren Grapefruitsaft, sie legen dabei den Kopf zurück und entblößen ihre Kehlen, ohne an Würgegriff und Messer zu denken, sie sind stumpf geworden gegen jede Art von Gefahr, zum Untergang bereit. Vor allem: sie sind kein Schutz. Es sind die selben Leute, die stumm in der Bahn sitzen und zusehen, wie einer von ihnen hochgezerrt und niedergeschlagen wird. Und wenn sie selber vom Sitz gezerrt und niedergeboxt werden, dann finden sie es in Ordnung, daß keiner der anderen ihnen hilft, sie erdulden mit offenem Mund die Gewalt, staunend: nicht darüber, daß es sie gibt, nur, daß sie ausgerechnet ihn gewählt hat: warum gerade mich? Und auch dies nur so lange, bis ein Stiefel an ihrer Schläfe ihnen das Vergessen gestattet, das geliebte Dunkel.

Er wagt nicht, sich die Stirn zu trocknen in diesem Frühstückssaal, unter Ninas Augen, also betupft er beiläufig mit der Serviette die feuchte Stelle zwischen Mund und Nase, die Herren treten lächelnd auf ihn zu, sie verbeugen sich sogar, und während ihn beim Aufstehen die Schwäche in den Knieen verwirrt, stellen sie sich vor: ein Stadtrat und ein Kirchenreferent, sie holen ihn zur Feier ab, sie dürfen ihn herzlich begrüßen.

Dies ist ein Übergang zwischen zwei Schlafzuständen, die außer seiner Person nur eines gemeinsam haben: ihren gleich großen Abstand von der Wirklichkeit. Ein Niemandsland mit der Gefahr und der Unruhe und der Hoffnung von Grenzgebieten.

In dieser Tageszeit ist er, wie an einem Ort, zu Hause.

Der Postbote in einer feldgrauen Uniform tritt ein und übergibt ihm ein Päckchen, das mit blauen Schleifen als Geschenk verpackt ist. Mommsen hält es mit ausgestreckten Armen von sich und ruft: das kann ich doch nicht annehmen!

Sie müssen, sagt der Postbote, es ist an Sie adressiert.

Aber ich weiß doch gar nicht, wie ich dazu komme, Sie müssen es wieder mitnehmen.

Das darf ich nicht.

Mommsen lauscht: Es tickt ja!

Ticken tut alles, sagt der Postbote und geht.

Der Morgen zieht über den Himmel, ein rosig

gefärbter Kondensstreifen in der Form einer flach angesetzten Parabel, Wurfbahn in ein Vakuum. Mommsen, eingemauert in seine schwarzen Ängste, merkt erst, als sie sich heben, daß er gar nicht eingemauert war, sondern blind. Oder nicht einmal das: er hat nur zur Unzeit die Augen geöffnet, es war noch Nacht. Staunend beobachtet er, wie sich in seinem Hirn eine verknäulte Windung entrollt, ein ungeheures, phosphoreszierendes Licht verströmt und sich langsam, nachdrücklich, wieder verschließt. Danach sieht er sein Gehirn mit anderen Augen: als eine hundertfach zusammengerollte Knospe von unbeschreiblicher, latenter Leuchtkraft, eine verdeckte Lampe, deren Strahlen, wenn man sie nur ließ, die Welt erhellen müßte.

Für ihn läuft das Haus jetzt ab wie eine Uhr. Er spürt, wie es langsamer wird und weiß: bald ist es so weit. Und eine heitere Aufbruchstimmung erfaßt ihn, Vorfreude, Reiselust.

Die Uhr tickt fort und fort und er hört sie kaum noch, aber dann hört sie plötzlich auf und er hört, daß sie aufgehört hat und weiß: die Uhr ist abgelaufen, und das erschreckt und freut ihn, so wie es ihn erschreckt und freut, daß er an einem Ort, an dem er Jahrzehnte gelebt hat, absolut fremd ist.

Endlich geht die Sonne auf, ungewöhnlich schnell, wie ihm scheint, und in Sprüngen. So wie im Flugzeug auf dem Weg nach Osten: jedesmal, wenn er hinsieht, steht sie schon ein Stück höher. Und wieder das leise Staunen, darüber, daß es nun doch noch einmal Tag geworden ist.
Mommsen steht auf. Sein Wecker tickt. Er ist orangenfarben und hat die Form einer Taucherglocke, er hat ihn an einem sonnigen Tag in Berlin gekauft, in der Nähe des Lietzenseeufers.

Aufwachen!

Das fürchterliche Unbehagen, der Überdruß: Mommsen macht sich daran, den Tag zu beginnen. Er kennt das Ritual, er weiß, wie man Tage beginnt. In der Küche steht er vor der Kaffeemaschine, den Meßbecher in der Hand, den Blick in den farblosen Garten gerichtet, dann wieder auf den Trichter aus feuerfestem Glas. Er legt den Meßbecher in die Kaffeebüchse zurück, schließt den Deckel, stellt die Büchse in den Schrank, schließt den Schrank.

Eine Stimme ruft: Aufwachen!

Er öffnet die Tür zu Ninas Zimmer: Schläfst du noch? Ich gehe jetzt! – schließt die Tür zu Ninas Zimmer, öffnet die Haustür, schließt sie, öffnet die Garagentür, öffnet die Autotür, schließt sie, fährt den Wagen auf die Straße, öffnet die Autotür, schließt sie, schließt die Garagentür, öffnet die Autotür, schließt sie und fährt wie alle Tage ins Büro, zunächst eine Straße zwischen Gärten, dann eine andere zwischen geplanten Gärten und eine dritte zwischen ehemaligen Gärten, die jetzt mit Rohbauten besetzt sind. Danach kommt er in den Stadtverkehr, ruck und zuck und kriechend weiter, endlich in die Tiefgarage im Keller seines Büros. Mommsen dreht den Zündschlüssel, horcht dem Motor nach, der Motor verstummt.

Eine Stimme ruft: Aufwachen!

Davor fürchtet er sich am meisten: daß er die Augen schließen und sie wieder öffnen könnte und beim Öffnen feststellen müßte, daß seit dem Schließen nicht Stunden, sondern Jahre vergangen sind, sein ganzes Leben.

Mommsen hat keine Lust mehr, ins Geschäft zu gehen. Eine Art Langeweile hat ihn ergriffen, die sich täglich verschlimmert und schließlich zu Angst wird. Er fürchtet sich vor Menschen, vor allem vor seinen Kunden. Ihre Gedankengänge erscheinen ihm unerträglich teigig, von einer erstickenden Leere.

Todesangst befällt ihn: diese Leute stehlen ihm das Leben, ein Stück unwiderruflicher Existenz, sie bringen ihn gegen seinen Willen und ohne den geringsten wirklichen Gewinn ein Stück dem Tode näher.

In gewissem Sinne, sagt Mommsen, sind sie meine Mörder.

Ausgerechnet seine Kunden!

Und Nina hat er für verrückt gehalten.

Seine Arbeitszeit verbringt er mit Spielen. Er verbittet sich jede Störung, schließt die Tür und zieht sich einen Stuhl an den Tisch mit den Modellen der Terrassenhäuser. Er bestückt sie mit Bäumen, Sträuchern, Schaukeln und Springbrunnen. Er setzt kleine Tiere, Katzen, Hunde, Papageien ins Grüne und hin und wieder einen winzigen, holzgeschnitzten Menschen; mit diesen geht er sparsam um, denn er hat nur drei Stück, einen Mann, der in einem Buch liest, einen zweiten, liegenden, im Badeanzug, und eine Frau im weißen Kleid, die einfach dasteht. Diese Personen sind durch keinerlei Beziehung untereinander verbunden, die Männer sind beschäftigt, mit Lesen und mit Sonnenbaden, die Frau trägt ein leeres Körbchen am Arm und scheint zu überlegen: Was nun? Mommsen stellt sie in die Aussichtsecke der obersten Terrasse, umgibt sie mit zwei Eiben und einer Pinie und legt eine weiße Katze neben sie ins Gras.

Vergiß Maruschka nicht

Was mich an Ihrer Situation fasziniert, das ist ihre Ausweglosigkeit. Ich habe nachgedacht: ich sehe keine wirkliche Möglichkeit für Sie.

Sie sitzen in einem Biergarten, unter Kastanien, an denen Lampen hängen.

Ich weiß, daß mich das schrecken müßte, sagt Mommsen.

In dem Augenblick, in dem Sie das Opfer

angenommen, beziehungsweise es sich bewußt gemacht haben, in diesem Augenblick gehen rings um Sie alle Türen zu. Erstens: Sie können nicht so weiterleben wie bisher, denn der Anspruch des Opfers fordert mehr. Zweitens: Sie können kein heiligmäßiges Leben führen, denn dazu reichen, verzeihen Sie, Ihre Gaben nicht. Drittens: Sie können sich nicht für einen anderen hinopfern, denn damit wäre die Schuld nicht beglichen, nur weitergegeben. Viertens: Sie können sich nicht das Leben nehmen, denn damit wäre die Tat des Paters ad absurdum geführt. Fünftens –

Bitte hören Sie auf.

Richtig. Sie resignieren. Das wäre natürlich noch eine Möglichkeit, aber gerade die können Sie sich am allerwenigsten leisten.

Ich bin nicht meines Bruders Hüter, ich bin der behütete Bruder. An den denkt ja keiner, wie der sich fühlt. Muß er dem Großen Bruder dankbar sein? Oder nimmt er es für selbstverständlich, daß er behütet wird? Vielleicht will er es auch gar nicht, vielleicht will er lieber, unbehütet, sterben!

Die Kellnerin stellt ungefragt zwei Gläser Bier vor sie hin.

Es tut mir leid, aber ich habe keine Gefühle, und ich erinnere mich an keine Gefühle. Ich könnte höchstens, Ihnen zuliebe, welche erfinden.

Aber Sie sehnen sich nach einem Gefühl!

Nein, sagt Mommsen. Ich bin nicht einmal in der Lage, mir eine Sehnsucht vorzustellen, geschweige denn, sie zu empfinden.

Die Männer im Biergarten haben die Hemdsärmel hochgekrempelt, sie sitzen um einen großen Tisch und singen: Sie war das allerschönste Kind, das man in Polen find', aber nein, aber nein, sprach sie, ich küsse nie...

Niemand zwingt Sie, etwas zu fühlen, sagt Fröhlich, Sie sollen sich nur erinnern, was vor fünfunddreißig Jahren geschehen ist, weiter nichts.

Wie fortgeblasen.

Und die Zeit danach, die fünfmal sieben Jahre? Sonderbar, daß Sie sich nicht erinnern! Als ob Sie sich gar nicht erinnern wollten!

Mommsen weiß nichts zu sagen, er hebt die Schultern; irgendwann im Laufe dieser Jahre muß er, unbemerkt von sich und anderen, gestorben sein. Es ist ihm ein wenig peinlich, mehr nicht.

Die Männer am großen Tisch singen: Vergiß Maruschka nicht, das Polenkind...

Sie kennen dieses Lied aus dem Krieg?

Aber ja, sagt Mommsen, ich kenne es gut. Er wundert sich über den rostigen Ton in seiner Stimme, es klingt, als spräche noch ein anderer mit, den er sonst nie zu Worte kommen läßt.

Sie sind gerührt, sagt Fröhlich.

Nichts tut wohl und nichts tut weh

Er geht durch die Stadt, auf sein Büro zu und daran vorbei. Die Tausende von Malen, die er darauf zugegangen ist, und keinmal, bis heute, vorbei.

In diesem Stadium geht es ihm so gut wie meistens, soweit er sich erinnert, heißt das, denn eben dies ist ja ein Zeichen seines Zustands: daß er sich kaum erinnert. Die milde Amnesie, das, was er sein schwaches Gedächtnis nennt, ist geradezu die Voraussetzung seines Glücks.

Mommsen liebt diese Stille, so wie er Schneefelder liebt, und die kühlen Morgen im Herbst, wenn der Nebel die Füße verschluckt, er zu schweben glaubt.

Erstaunlich, wie gut es sich mit einem so winzigem Bruchteil von Bewußtsein leben läßt, wie schwerelos.

Die städtische Vormittags-Euphorie besteht zu gleichen Teilen aus innerer Leere, körperlichem Wohlbefinden, Kulisse. Die Kulisse besteht aus Türmen, Giebeln und bemalten Fassaden, Betonvasen, aus denen Blumen wachsen; Spielbaukasten, Bühnenbild.

Mommsen gähnt. Seine sinnlichen Wahrnehmungen beginnen ihn zu langweilen. Was soll ihm die Staffage. Die ewig nutzlose Energie, die daraufgeht, um sich dieses fragwürdige Panorama bewußt zu machen, der Zwang, es ständig wahrnehmen zu müssen ... Eines Tages wird es platzen, zugleich mit einer kleinen Ader im Gehirn ... Millionenfach zerplatzt, rollt die immer noch junge, zerbrechliche Erde ...

Watte im Kopf. Nichts tut wohl, und nichts tut weh.

»Nach dreiunddreißig Jahren hat der achtzigjährige Venezianer Luigi Sardi einen Polizisten erschlagen, der ihn 1947 verhaftet hatte. Der damalige Gondoliere hatte eine Frau beraubt,

erschlagen und zerstückelt und die Leichenteile in einem Koffer in der Lagune versenkt.«
Ein Versuch: die Augen heben, Dächer betrachten, den Himmel. Keiner sonst tut das. Die anderen sehen vor sich auf den Asphalt, seitwärts in die Auslagen, den Entgegenkommenden ins Gesicht, den vor ihnen Gehenden auf den Rücken. Keiner sieht nach oben, keiner sieht, was Mommsen dort sieht, sein süßes Geheimnis, die Leere.

»Dies ist ein Fall, der nicht nur die Kirchen interessieren sollte, sondern auch die Jugend, die Öffentlichkeit schlechthin. Es ist unter so vielen negativen, destruktiven, entmutigenden und bedrohlichen Aspekten unseres gegenwärtigen Lebens einmal ein Fall, der hoffen läßt.«

Im Maul des Krokodils

Einmal ist er eine Straße wie diese hinuntergegangen, unter einem allzu blauen Himmel, und das Ende der Straße ist als eine Drohung auf ihn zugekommen, weil es auch das Ende dieses Nachmittags bedeutete, und mitten im Gehen hat er sich umgewandt und das Pflaster angesehen, weil er glaubte, daß da die Abdrücke seiner Schuhe eingebrannt sein müßten, aber nichts war zu sehen und das Ende der Straße war das Ende dieses Nachmittags und nachher war nichts mehr, nichts.

Ein wenig erschrickt er nun doch: ein Mensch, der soeben eine blumige Wiese durchschritten hat und sich umdreht und entdeckt, daß da, wo er gerade noch gegangen ist, ein Krater gähnt. Er glaubt, daß er etwas Wesentliches verloren hat, daß er, ohne die Fähigkeit, zu reagieren, nicht richtig am Leben ist.

»Der Mensch von heute, konfrontiert mit seinen – zum großen Teil verpaßten – Möglichkeiten. Der Mensch, der noch einmal den Ansatz wagt ...«

Doch Mommsen hat keine Lust, auch nur das geringste zu wagen. Er befindet sich im Maul des Krokodils. Er hat sich darin eingerichtet, er kennt jeden Zahn. Er weiß, daß nur die Seiten gefährlich sind, und daß ihm nichts geschehen kann, solange er sich in der Mitte hält.

»Unser Milchstraßensystem rast mit der unerwartet hohen Geschwindigkeit von 1,6 Millionen Stundenkilometern durch den Raum. Dies errechneten Astronomen der Universität von Kalifornien nach Messungen der kosmischen

Hintergrundstrahlung, bei der es sich nach der zur Zeit vorherrschenden Theorie um die Reststrahlung des Urknalls handelt, mit dem vor 15 Milliarden Jahren die Ausdehnung des Universums begann.«

Wie fühlen Sie sich als ein Mensch, welcher einen Sprung vom Eiffelturm überlebt hat, über Nacht zum drittreichsten Mann von Cincinnati wurde, das Große Los gewann und verlor? Wie fühlen Sie sich als ein solcher?

Er geht und geht; wie einer, der versucht, müde zu werden, weil er hofft, daß er dann schlafen kann. Dabei ist es immer noch Tag. Die Sonne scheint.

Einfach unglaublich, wie wenig er aufnimmt, eigentlich nichts.

Plötzlich die Furcht, daß ihn, bevor er die Stadtbahn erreicht, sein Ziel loslassen könnte, vielmehr der Wille, zur Bahn zu gehen, nach Hause oder sonstwohin zu fahren.

Am Stadtbahneingang bleibt er an den Stein gelehnt stehen und sieht zu, wie immer neue Menschen von der Rolltreppe heraufgetragen werden. Ihre Gesichter sind hell, wie sie so ins Licht tauchen, aber dann sieht er die Einzelnen zwischen ihnen mit einem schwarzen Mal auf der Stirn, dem Abdruck eines Riesendaumens, der offenbar aus den Wolken heruntergefahren ist: da ein Mann, dort ein Kind, hier wieder eine Frau ... Unbefangen steigen sie von der Treppe auf festen Boden um und drängen weiter, gezeichnet wie sie sind, und ahnungslos.

Schicksal? fragt Nina an diesem Abend, wie denn: Im Sinne von krummen Beinen, einem versoffenen Vater, einer unangebrachten Hautfarbe, einer langen, glücklichen Ehe? Komm mir nicht mit Schicksal, sagt sie. Wenn es so etwas gäbe, dann wäre es anders gelaufen.

Meinst du?

Das weiß ich.

Auf der Brücke

Etwas hat sich geändert: Was? Die Dinge sind noch da, auch die Menschen, er braucht nur die Hand auszustrecken. Doch wenn er die Hand ausstreckt, ziehen sie sich zurück. Mommsen ist mit sich zerfallen, er hat sich auseinandergelebt.

Als es so weit ist, findet er es überraschend, schmerzlos bis angenehm. Es scheint ihm plötzlich nur so viel einfacher, zu gehen, als zu bleiben.

Er merkt es daran, daß er keine Angst mehr hat: Am Morgen in der Tiefgarage seines Büros stellt Mommsen sein Auto ab und geht in dem grauen Licht zwischen Pfeilern und Nischen zum Ausgang, der ins Treppenhaus führt. Kurz vor dem zweiten Pfeiler pflegt er den Atem anzuhalten und schneller zu gehen, weil ihn jedesmal an dieser Stelle ein Bild überfällt: ein Mann mit erhobenem Arm hinter dem Vorsprung, und in der Hand einen Schraubenschlüssel. Die ideale Mord-Situation, denn der Mörder hat Zeit genug, dem Opfer die Wertsachen abzunehmen, in den Wagen zu steigen und über die unbewachte Ausfahrtrampe davonzufahren.

An diesem Morgen hält Mommsen weder den Atem an, noch geht er schneller. Er denkt zwar kurz an den Mann mit dem Schraubenschlüssel, doch ob der dasteht oder nicht, ist ihm egal. Eine neue Heiterkeit erfüllt ihn, der Lohn der verlorenen Todesangst. Leichtfüßig verläßt er die Neuzeitkatakombe, und erst vor seinem Schreibtisch, im Anblick der gebündelten Akten, packt ihn die Schwere wieder, die furchtbare Ablauf-Tristesse.

Am Abend steht er auf einer Brücke, auf der schon mancher gestanden hat, und die viel weniger eine Brücke ist als eine Endstation: wird er springen?

Er geht alle Einwände durch: was läßt sich dagegen sagen? Es wundert ihn, daß Selbstmordwillige sich ihr Vorhaben ausreden lassen: es gibt kein wirkliches Argument dagegen. Eine Verpflichtung den Lebenden gegenüber? Von einer so hohen Brücke gesehen, verlieren sich die Details. Er wird Nina nicht mehr ernähren können, nun gut: dann wird sie sich selbst ernähren. Sie wird arbeiten und gesünder sein als jetzt. Und wenn der Schock sie noch einmal aus dem Gleichgewicht wirft, dann wird sie sich wieder fangen, und wenn nicht, dann steht ihr immer noch ein unbeschwerter Abgang offen, so wie ihm, in diesem Augenblick. Nein, er hat keine Verpflichtung den Lebenden gegenüber.

Mommsen merkt, daß er seine Hände nicht mehr spürt. Sie liegen auf dem Geländer wie zwei fremde Gegenstände, sie unterscheiden sich weder in der Farbe noch in der Temperatur von dem rostigen Eisen. Einen Augenblick lang ist er überzeugt, daß sie dem Geländer gehören, nicht ihm.

Mommsen nimmt die Hände vom Geländer und reibt sie warm, er tritt von einem Fuß auf den anderen und geht dann langsam der Treppe zu. Am Ende der Brücke steht ein Polizist, er sieht ihm aufmerksam entgegen, grüßt, ruft: ein ungemütlicher Ort, nicht wahr? Ganz recht, sagt Mommsen und sieht im Vorbeigehen, daß der Polizist neben dem Sprechgerät auf seiner Brust einen Feldstecher trägt. Sicher ein Nachtglas.

Ein Flirt mit dem Tod

Was ihn erfüllt, das ist die große Todes-Lokkung. In langen Jahren, so scheint es ihm jetzt, hat es keine Versuchung gegeben, die so stark und so süß war wie diese. Er wird nie wieder von den armen Verzweifelten sprechen, die in den Tod getrieben werden. Man wird nicht in den Tod getrieben, man wird in ihn gelockt.

Mommsen in seinem Wagen auf dem Weg ins Büro fährt neben dem Vorortzug her; die beiden Strecken kreuzen sich kurz vor der Einfahrt in die Stadt. Hinter den Fenstern erkennt er die müden und gleichgültigen Gesichter der Vorort-Pendler. Er möchte laut hupen, ihnen zurufen: Gute Nachricht, Leute! Ihr müßt es nicht ertragen, wenn ihr nicht wollt! Ihr könnt Schluß machen, noch in dieser Minute: die Tür aufgeklinkt und ausgestiegen, nichts leichter als das, ein Kinderspiel! Eigentlich müßten sie es wissen.

Vor dem roten Licht des Bahnübergangs läßt er seinem Fuß die Wahl zwischen Gas- und Bremspedal. Der Fuß wählt die Bremse, Mommsen macht sich nichts daraus. Wenn der Fluchtweg offen steht, nicht wahr, verliert sich die Eile.

Die Sünde

Stattdessen betrinkt er sich. Er beginnt den Abend in der Kneipe, die er auf seiner Suche nach einem rettungswürdigen Objekt kennengelernt hat, und er endet weit nach Mitternacht in einer Bar, die ihn verschwommen an die Hotelbar erinnert, von der er einmal geträumt hat. Er rutscht auf einen Hocker und sieht sich um: das Lokal ist voll besetzt, aber der Herr aus seinem Traum ist nicht unter den Gästen.

Mommsen bestellt einen Tom Collins und noch einen; vielleicht einen dritten. Danach weiß er nichts mehr.

Er erwacht auf einer Matratze in einem Zimmer, in dem drei junge Frauen auf dem Boden sitzen und Karten spielen, während die vierte mit riesigen Kopfhörern Musik hört. Alle tragen lange Haare und lose Gewänder.

Eines der Mädchen, das ihm vage bekannt vorkommt, sagt, ohne ihr Spiel zu unterbrechen: Also der Typ hat mir eine Geschichte erzählt, aus dem letzten Krieg, aber irre gut. Wie sie eine Brücke sprengen wollen und geschnappt werden, und wie sie nachher in der Zelle sitzen und wissen, daß es aus ist und drüber reden, daß es doch gelohnt hat, sie haben ihr Leben wenigstens für einen guten Zweck riskiert, die anderen haben nicht mal das, und der Typ sagt, er hätte auch gerne so ein Gefühl, aber er hat eigentlich nicht mitmachen wollen, weil er Angst gehabt hat, er war nur ganz zufällig dabei, und wie in der Zelle auch ein Pfarrer sitzt, der gegen den Krieg gepredigt hat und ihnen zuhört, und wie er dem Wächter sagt, daß er zum Kommandanten geführt werden möchte, und wie sie am Morgen abgeholt werden, geht der Pfarrer hin und läßt sich für ihn erschießen.

Saustark, sagt das Mädchen mit den Kopfhörern, die sie inzwischen um den Hals gelegt hat; und jetzt geht er rum und läßt sich vollaufen.

Das hat er aus der Zeitung, sagt eine andere, da war mal so eine Geschichte, hab ich selber gelesen.

Ist doch ein Hit, sagt Mommsens Bekannte. Und dann sagt er, daß er damit nicht fertig wird, und daß er immer versucht hat, gut zu sein, aber daß es nie wirklich gereicht hat, und daß er jetzt einmal eine wirkliche Sünde begehen will, damit er endlich überhaupt etwas tut. Irre, wie?

Das Mädchen mit den Kopfhörern fragt: Sünde? Wieso?

Weiß ich nicht, das hat er nicht gesagt. Weiß er wahrscheinlich selber nicht.

Das Mädchen mit den Kopfhörern sieht ihm erstaunt ins Gesicht.

Wie einem seltenen Tier, denkt Mommsen auf der Heimfahrt nach diesem Abenteuer; er möchte lachen, doch es gelingt ihm nicht.

Wie denn, sagt Nina, nach zweiundzwanzig Jahren verbringt der Herr die Nächte außer Haus: und keine Spur von Reue?

Es ist beinahe Mittag, sie stehen einander gegenüber, in der Küche zwischen Herd und Spüle. Die Situation ist so alt wie die Institution, die Drohung von Jahrtausenden hängt in der Luft, Kerker, Pranger, Steinigung. Daß die Strafe immer nur Frauen anging, sieht Mommsen nicht als Hilfe an: darin zeigt sich, daß er ein Mann des Zwanzigsten Jahrhunderts ist, obschon deutlich einer aus der ersten Hälfte.

Das geht doch nicht mehr, sagt Mommsen. Aber ich weiß noch, die tägliche Reue beim Schlafengehen: du bist nicht in der Kirche gewesen, und der Liebe Gott war sehr sehr traurig ... Du hast eine Geleemaus gestohlen, und Gott weinte. Du schlugst nach deiner Mutter, und Gott wandte sein Antlitz von dir ab. – Und dieser ewig beleidigte Greis soll die Intelligenz und den Humor besessen haben, um auch nur einen Tausendfüßler zu erfinden?

Ach, sagt Nina, das ist interessant.

Sie sieht ihm in die Augen, zum ersten Mal seit Monaten, wie es Mommsen scheint, und zum ersten Mal nicht wachsam, sondern aufmerksam, beinahe erfreut: was geht da vor? Geht endlich etwas vor!

Mommsen geht ins Bad, um sich ein Alka Seltzer zu holen.

Der Protest

Mommsen sagt: ich mache nicht mehr mit! Diese endlosen, perfiden Fragen: Was denkt er, wie benimmt er sich? Was ist er je gewesen? Was waren seine Taten wert: nicht viel? Oder doch?

Oder wie! Die Rechenschaft nach allen Seiten; wie komme ich dazu? Seit vorigem April ist mein Dasein ein einziger Spießrutenlauf, durch eine Allee aus erhobenen Zeigefingern!

Sie sitzen in einem Café auf der Straße, in der Hochsommerhitze, unter einem blau und gelb gestreiften Sonnenschirm.

Was mich betrifft, so kann ich Sie beruhigen, es ist das letzte Mal. Nächste Woche geht mein Bericht in Satz, dann sind Sie mich los.

Ich weiß, wie Sie mich hinstellen werden: als einen Versager, der Glück gehabt hat. Aber wenn ich wirklich versagt habe, dann hat auch der Pater versagt: er hat sich geirrt, er ist für den Falschen gestorben. Und die Erinnerungen, die Sie immer wollten: wissen Sie etwa so genau, wie Sie die letzten fünfunddreißig Jahre verbracht haben?

Ich bin erst achtundzwanzig, sagt Fröhlich, und ich weiß noch sehr gut –

Aber nicht mehr lange. Noch eine Stunde mit Mommsen an diesem Kaffeehaustisch, und er wird nicht mehr wissen, womit er seine achtundzwanzig Jahre verbracht hat, und vor allem, wozu.

Die Taten! sagt Mommsen. Es ist mir nicht

einmal gelungen, die guten von den bösen zu unterscheiden, geschweige denn, eine richtige Sünde zu begehen.

Ich weiß nicht, wovon Sie sprechen. Die einzigen Sünden, die es heute gibt, werden von allen gemeinsam begangen.

Sie sehen auf die Straße. Ströme glühender Autos ergießen sich stadteinwärts, stadtauswärts, zwischen Pappeln flimmern Auspuffgase.

Das ist mir zu anonym, das betrifft mich nicht genug. Es ist Leichtsinn, Frevel, Unverstand, aber keine Sünde.

Das böse Tier

Und was sagt Ihr Gewissen?

Gewissen! Das wirklich Böse in meinem Leben habe ich meinem Gewissen zuliebe getan. Mein eigener Vater, ich habe ihn nicht sterben lassen. – Noch einen Tropf? fragte der Arzt, er zweifelte schon selber, das bringt ihn auf jeden Fall über die nächste Woche; danach ist nichts mehr zu hoffen. Ich sah die verdrehten Augen, weiß in dem weißen Gesicht, ich dachte: er fleht, aber

worum fleht er? Ich fragte: Vater! Du willst doch leben? Will nicht ein jeder leben? Ich weiß nicht, ob er mich hörte.
Ich dachte an mein Gewissen. Das böse Tier: es wird über mich herfallen, wenn ich ihn sterben lasse, es wird mich des Vatermords bezichtigen. Frühe Verwünschungen fielen mir ein: der Teufel soll dich holen! Ich kann es mir nicht leisten, ihn sterben zu lassen, ich muß ihn weiterschleppen. – Noch eine Woche, sagte ich, die schenken wir ihm.
Brav, sagte mein Gewissen, wer seinen Vater liebt, der verlängert sein Leben. Ich weiß jetzt, daß er gern gestorben wäre, er hat um seinen Tod gefleht, aber ich wollte es nicht hören; ich schonte mein Gewissen.

Mit anderen Worten, sagt Fröhlich, Sie haben es aufgegeben, nach einem Sinn zu suchen, Sie haben sich auf die alte Bankboten-Tour gerettet, Sie wissen ja: man schickt einen Boten von einer Bank zur anderen mit einer verschlossenen Tasche, von deren Inhalt er nichts ahnt. Er weiß nur, daß er eine Strecke abzulaufen hat – Grund, Zweck und Konsequenzen seines Auftrags sind ihm unbekannt. Vielleicht ist die Tasche sogar leer, und er wird nur ausgeschickt, weil er nun einmal Bote ist und ein gewisser Mechanismus in Gang. Vielleicht auch trägt er ein Vermögen.

Jedenfalls: was tut er? Er sagt sich: wenn ich schon nicht weiß, wozu ich unterwegs bin, dann will ich mir wenigstens eine gute Stunde daraus machen! Also beginnt er, allerlei kleine Geschäfte für sich zu erledigen, gönnt sich ein Bier, bummelt in der Sonne – alles Dinge, die ihm normalerweise nicht halb so viel Vergnügen machen. – Nun sehen Sie: dies hier ist Ihre gute Stunde!

Vielleicht, sagt Mommsen, aber eine Stunde ist nicht viel in einem ganzen, langen Tag.

Andere sterben auch

Ich habe es satt, der Schuldige zu sein: daran, daß ich aus einem Leben nichts gemacht hätte, das mir geschenkt worden ist. Nicht einmal, sondern zweimal geschenkt. Ich habe beide Male nicht darum gebeten.

Halten wir das einmal fest: Geborenwerden verpflichtet zu nichts. Es gibt keine Instanz, der wir ein erfülltes Leben schulden. Wenn überhaupt, dann verpflichtet ein unverlangtes Geschenk zu einem freundlichen Dank, mehr nicht. Das meinten Sie doch?

Warum fragen Sie mich? Fragen Sie sich doch selber! Sie sind ja Christ, oder nicht? Dann ist auch für Sie einer gestorben, nicht wahr? Und was tun Sie dafür, was sind Ihre Konsequenzen? Geben Sie es zu, Sie drücken sich. Sie sagen: er hat ja nicht mich im besonderen gemeint, sondern alle. Sie verstecken sich in der Menge. Als ob Menge je ein Versteck gewesen wäre!

Vielleicht war ich auch nicht persönlich gemeint? Vielleicht ging es dem Pater gar nicht darum, das Leben eines anderen zu retten, sondern nur, sein eigenes zu vollenden? Und ist auf meine Kosten zum Märtyrer geworden, der allernobelste der Egoisten?

Sie sitzen in den Auspuffgasen. Die Ströme der Autos ergießen sich weiter, stadteinwärts, stadtauswärts; manchmal bringt die Ampel sie zum Stocken.

Es bleibt dabei, Sie schulden ihm Ihr Leben.

Mommsen sagt: ich kann es nicht mehr hören. Leben opfern, Leben erhalten, Leben schenken, verschenken, verlängern, es in weitem Bogen von sich werfen ... Leben woher; Leben wozu? Leben wofür, für wen und warum!
Soll ich Ihnen die Wahrheit sagen? Es ist mir völlig gleichgültig, wie, wodurch, ja ob ich lebe

und ob Sie dies für sonderbar, verrückt bis kriminell halten.
Von rechts wegen war ich mit Zwanzig ein Toter; ich bin es immer geblieben. Ja und? Andere sterben auch. Wofür also soll ich mich bedanken? Was mir wirklich geschenkt wurde, das waren: eine furchtbare Schuld, ein gequältes Gewissen, die Pflicht, einen Sinn zu finden, wo keiner zu finden ist, ein später Tod anstelle eines frühen, mit allem, was er einschließt: Alter, Krankheit und Verfall, die tödliche Langeweile. Ich hätte ein Genie sein müssen, um diesem Anspruch zu genügen, und selbst dann ...

Natürlich war der Pater ein Großer, ein Märtyrer, ein Held, nur: er wurde alles erst durch mich; dadurch, daß er sich für mich geopfert hat. Er brauchte mich für seine Heldentat, so wie ich ihn zum Weiterleben brauchte.

Und Ihre so oft beteuerte Dankbarkeit? ›Ich bin unendlich dankbar–‹, das habe ich an vierzehn Stellen notiert.

Meine Dankbarkeit hat sich verlagert, das ist alles. Ich bin immer noch dankbar, aber nicht mehr dem Pater allein.

Es ist das erste Mal, daß ein Gespräch mit Fröhlich dich nicht niederdrückt, sagt Nina. Was hat er dich gefragt?

Nicht viel.

Aber du, was hast du ihm gesagt?

Verschiedenes, ja, alles mögliche.

Aha, sagt sie. Und ohne Übergang: Wir haben noch gar nicht an unseren Urlaub gedacht. Ich hätte große Lust, mit dir in eine ganz neue Gegend zu fahren, nach Norden oder Westen – Mommsen zögert.

Du möchtest nicht, sagt Nina, du willst immer nur in den selben alten Süden.

Ein für allemal

Eine Reise mit Nina ans Meer sind alle Reisen mit Nina ans Meer, für Mommsen sind die vielen Male in ein einziges Mal zusammengeflossen, die Gegenwart einbegriffen. Vielleicht fährt er nur deshalb wieder dorthin, damit er keine neuen Erinnerungen aufnehmen muß? Eine Reise ans Meer ist so gut wie keine Reise; alles ist wie es war, einmal und noch einmal.

Einmal und für immer auf dem Weg nach Süden ist da die Autobahnbrücke im Gebirge, so schwindelerregend hoch und erst zur Hälfte fertig, Mommsen sieht sie von der alten Straße aus, den Alptraum in der Luft, die Sturzgefahr. Inzwischen ist die Brücke längst passierbar, sie fahren jedes Jahr darüber, zweimal, viermal und öfter, doch für Mommsen bleibt sie das Gerüst von damals, die Rampe in der Luft. Jedesmal wieder riskiert er den Sturz, wenn er die Mitte überfährt, und jedesmal geschieht das Wunder, er kommt an.

Einmal sitzt Nina auf der Promenade von Lazise, die Hände gefaltet im Schoß, mit dem verlorenen Ausdruck einer Frau, die mit dem falschen Mann verreist ist.
Aus dem Dunst über dem See dringt Musik, das rhythmische Gehämmer eines Klaviers; die Melodie erscheint Mommsen vage bekannt, als ob er sie früher einmal geträumt hätte, dann taucht der Umriß des Dampfers auf. Es ist ein alter Raddampfer mit drei übereinander gestaffelten Decks; auf dem obersten sitzt der Klavierspieler unter einem Sonnendach, während hinter ihm ein Paar mit kurzen, steilen Schritten tanzt. Durch die Fenster des Mitteldecks sehen zwei weißgekleidete Kellner nach Gästen aus.
Der Dampfer gleitet lautlos an den Landungssteg, ein Matrose springt an Land und wirft eine Leine um den Poller, von der Kommandobrücke

sehen drei Offiziere in blauer Uniform auf die wenigen Passagiere, die an Bord gehen. Alles verläuft mit einer stummen Feierlichkeit, der Klavierspieler hämmert seine monotone Melodie, die Gäste verteilen sich schweigend auf dem untersten Deck, eine Frau nimmt ihr kleines Kind auf den Schoß und hält es fest, als ob sie es in Gefahr glaubte, der Matrose macht die Leine los und springt an Bord, zwei der Offiziere verschwinden vom Fenster des Kommandostandes, die Kellner pressen weiter die Gesichter an die Scheiben, unermüdlich tanzt das Paar auf dem oberen Deck, lautlos wie er gekommen ist gleitet der Dampfer vom Ufer fort in den See hinaus, auf dem Deck nimmt eine Frau im blauen Kleid ihren Strohhut ab, hebt und senkt ihn mit ausgestrecktem Arm gegen den nun völlig verlassenen Landesteg, begleitet von seiner mechanischen Musik verschwindet das Schiff im Dunst.
Mommsen ist es, als ob der Dampfer nur seinetwegen angelegt hätte und nun unverrichteter Dinge weiterfahren müsse. Er hätte das nicht zulassen dürfen.

Wir haben ihn verpaßt, sagt Nina.

Einmal auch war da eine Insel im blauen Wasser, von der Ferne nur ein grüner Hügel, aber später eine Feldsteinmole um ein kleines Hafenbecken und ein paar Häuser dahinter, einzelne Bäume den Hang hinauf, oben eine graue Kirche. Eine Frau, die Suppe kochte; als es zwölf Uhr schlug, zog sie den Topf zur Seite und ging zum Fenster. Auf der Mole standen Frauen, Kinder, alte Männer und ein paar Burschen. Die Kinder spielten zwischen den Steinen, zwei winzige Hunde tollten mit ihnen, die Erwachsenen standen in Gruppen und sprachen. Alle trugen Hüte gegen die Mittagssonne. Keiner zeigte Ungeduld.

Dann, wie im Märchen, tauchte aus dem Dunst am Horizont die Yacht auf, weiße Flanken aus dem Gischt, die Leute auf der Mole schirmten die Augen gegen die Sonne und sahen zu, wie sie wuchs, ein junger Mann lief zu dem zweiten Haus am Hafen und kam mit der alten Frau am Arm zurück, sie hatte ein weißes Kopftuch und eine Schürze umgebunden und ging stolz, gebückt, blieb zwischen den anderen stehen, die traten einen Schritt zurück, daß sie wie eine Königin einen ehrfürchtigen Kreis um sich hatte, sie war die Mutter dieses Wunders, das alle Jahre über den großen Teich in ihren winzigen Hafen rauschte, das Dorf für einige Wochen von seinem dürftigen Inselleben in Wohlstand versetzte, Schlaraffenland mit amerikanischen Namen, frische Farbe an die Häuser warf, den Rasen auf den Bocciaplatz anlegte, Bänke aufstellte, Verfallenes restaurierte, neue Netze anschaffte und die Mädchen in bunte Kleider, die Jungen in flotte Sportsachen steckte: ein himmlisches Geschäft für Mr. Vukcic aus Boston mit seiner überschlanken Frau, die den Tag auf einer Schaumgummiwiese am Meer verbrachte und den drei wilden Kindern, die mit lautem Geschrei die Insel eroberten, sich mit Katzen und Hunden balgten, während Mr. Vukcic, Stepan, von Familie zu Familie ging und klug sein Geld verteilte, modernisierte, ohne zu verderben, an Sorgen teilnahm, die ihm niemals zu klein erschienen, sich in sein Taschenbuch Notizen machte, Kugeln auf dem Anger warf und zwischendurch zufrieden war, in der niederen Stube seiner wortkargen Mutter gegenüber zu sitzen und auf ein Lächeln aus ihrem strengen Gesicht zu warten, oder sie auf ihrem täglichen Gang zum Friedhof zu begleiten, wo sie stumm am Grab seines Bruders standen, den mit 19 Jahren der Blitz erschlagen hatte, einen schönen, lustigen Burschen, für den die Alte heute noch Stepan, den Älteren, hergeben würde, samt Yacht und Geld und allem, was er für die Insel getan hatte und noch tun würde. Nein, er war nie ihr Liebling gewesen.

Ein andermal das kahle Gebirge am Ufer, die winzigen Inseln; das Meer, steinglatt geschliffen, hält den Atem an, kein Laut, keine Bewegung, auch nicht der kleinste Wellenschlag am Boot. Nur noch Puls in den Adern, Dröhnen im Kopf, Angst.
Die Stille der Toten ist laut im Vergleich.
Endlich fliegt ein Fisch, das bricht den Bann. Sie lassen den Motor an und fahren weg, Schaum am Bug und hinter sich die Spur, der langsam sich öffnende Fächer. Drei Meilen weiter ist die Calma vergessen, kräuselt sich das Wasser in der Sonne, ein Flitzer jagt heran, der Mann hält seine Beute hoch, den Baby-Hai. Zweihundert Meter Angelleine und eine Makrele als Köder, das ist das ganze Geheimnis. Weiß der Bauch, rosig die Flossen, eckig das Maul, Stromlinie von äußerster Einfachheit, die tödliche Eleganz.

Sonderbar, daß Mommsens Erinnerungen immer mit Wasser verbunden sind, Wasser flüssig und Wasser gefroren, so als ob es keine anderen Elemente gäbe, Luft zum Beispiel, oder Erde. Dazu noch Schiffe, die aus dem Nebel tauchen, Brücken und alte Frauen –

Das Ereignis

Es ist noch hell, als sie ankommen. Mommsen stellt den Wagen auf die Promenade und geht die wenigen Schritte zum Wasser hinunter. Eine Minute lang beobachtet er den immer wieder vereitelten Versuch der Wellen, eine bestimmte Form zu finden, dann wird ihm der Anblick von so viel Geduld unerträglich, und er geht auf die Straße zurück.
Sie fahren in ihr altgewohntes Hotel, erhalten ihr altgewohntes Zimmer im ersten Stock, mit Blick auf zwei Palmen, Lorbeersträucher, und, zwischen Mauern, einen Streifen Meer.
Das Wetter ist beständig; sie stehen spät auf, frühstücken lang und verbringen die meisten Stunden des Tages am Strand. Dort, am Nachmittag des ersten Oktober, geschieht das Unerhörte: ein Schlag, und die Kulissen fallen um.

Mommsen öffnet die Augen. Oben Sonne, unten Sand, vor ihm Wasser, Wasser, Wasser, alles wie auf Schwarz gepinselt – diese ganze sonderbare Staffage, mit der er sich so arglos angebiedert hat, gibt plötzlich ihre Feindschaft zu und spuckt ihm ins Gesicht. Mommsen hat einen einzigen, heftigen Wunsch: zurückzuspucken. Niemand nimmt Notiz.

Er sieht den Strand hinauf, hinab: eine Unmenge

Requisiten, Sonnenschirme, Liegestühle, dazwischen Menschen in merkwürdigen Posen, nach Bällen haschend, im Boden scharrend. Es scheint sie nicht zu stören, daß der Sand unter einer dünnen Schicht feucht und dunkel ist, was die ganze sonnendurchwärmte Landschaft ringsum als Täuschung entlarvt, als eine verlogen lächelnde Haut über dem endlosen Morast.
Vor sich im Sand sieht Mommsen eine Reihe roter Zehennägel, ein glattes Bein, ein Stück Stoff, gelbe Margueriten auf weißem Grund, und einen halben braunen Arm vor einem Zeitungsblatt. Er fragt sich, wozu all das wohl dient.

Ich habe es ja gewußt, sagt Nina, sie stagnieren zwar, aber sie fallen noch nicht.

Diese Bemerkung verschlägt ihm den Atem, nicht wegen ihres Inhalts, denn er weiß sofort, daß es sich um Grundstückspreise handelt, sondern wegen der Tatsache, daß Nina sprechen kann, und daß sie überhaupt Nina ist. So wie sie ausgestreckt auf ihrer Decke liegt, hätte sie ebensogut ein fremdes Tier sein können, oder ein braun glasiertes Ornament.
Sie streckt sich; ihre Arme sind innen heller als außen, am Rand ihres Badeanzugs zeigt sich ein weißer Streifen. Mommsen fällt plötzlich auf, daß dieses zweifarbige Bündel aus Haut und

Muskeln an seinem Namen wie an einer Angel hängt, und daß er es daran packen und mitnehmen kann.

Komm Nina, wir gehen.

Sie kommt tatsächlich.

Auf dem Weg zum Hotel nimmt er die Sonnenbrille ab und betrachtet das Feld von Strohhüten, das, von Touristen getragen, über die Promenade schwankt, die greisen Fensterläden der Häuser und darüber den blauen Dunst, hinter dem ohne Ende die Nacht liegt; die überwältigende Abwesenheit von allem. Eine ungeheuerliche Heiterkeit erfüllt ihn, ein überraschtes Gelächter, das er nur mit Mühe zurückhalten kann. Es ist, als ob er nach einem lebenslangen Witz endlich die Pointe begriffen hätte.

Es ist ganz einfach

Auf der Hollywoodschaukel im Vorgarten ihres Hotels, in dem sie jeden Nachmittag Espresso trinken, kommt ihm im Rhythmus des leisen Hin und Her ein Singsang ins Ohr: Gestern – morgen – übermorgen. Der Non-Sense des Zeitablaufs ist plötzlich offenbar; ihm scheint, daß die Täuschung, der er erlegen ist, sich aus einem Kaleidoskop kurzfristiger Hoffnungen zusammensetzt: Hoffnung auf den nächsten Tag, Hoffnung auf ein geglücktes Examen, eine gute Anstellung, Hoffnung auf die Ehe, das Haus, den Urlaub am Meer... Auf einmal, mittendrin, ist Schluß; er hofft nicht mehr.

Vielleicht, sagt Nina, sollten wir den Bungalow verkaufen und eines von den alten Häusern suchen.

Sehr gut, aber das hat ja keine Eile.

Ich möchte, daß du dich zu Hause fühlst.

Mommsen nimmt das dankend an, aber er lächelt dazu, und er sieht aus, als habe er ein Fremdwort nicht verstanden.

Ganz recht, sagt er, zu Hause.

Am Abend fahren sie die Küstenstraße entlang. Sie halten an einem Aussichtsplatz. Licht gibt es überall, doch nur in Punkten. Der Zusammenhang ist deutlich: die Lichter ringsum und über ihnen, Glühwürmchen und Sterne, wandern zum Horizont, werden dort vom Meer aufgenommen und in die Uferbuchten getragen, wo sie die Lichter unter ihnen bilden.

Es ist ein ganz einfaches System, sagt Mommsen.

Du bist so heiter! sagt Nina.

Mommsen hat ein unbändiges Lachen in sich.